子どものために鎌倉移住したら暮らしと仕事がこうなった。

本多 理恵子

ichimilli

はじめに

「人生やってみなきゃわからない」と心からそう思っている。

私は２００６年に都内から鎌倉に引っ越し、翌年自宅を改築してカフェを開業した。その後、料理教室も運営し、気づけば10数年たっている。入れ替わりのはげしい鎌倉の飲食店ではとっくに「古株」の部類だ。

ずいぶん長く頑張ったという思いと、これから自分がどう変化していけばいいのか振返る意味で、自分が経験したことを書いてみた。そして、あとは編集作業という段階になって、コロナウィルスが世界を変えた。

それまでは当たり前のように過去から現在そして未来へと続いていたものが、根底からひっくり返った。そして一旦書きあげたこの本の意味をもう一度考え直すことになった。まったく未来とは予測できないものだ。どんなに想像しても、用心しても、努力しても、全く思いもよらぬ方向に進むときもある。

でも、それが運命なのだと思う。最後は腹をくくるしかない。文句を言っても、あがいても仕方がない。きっと神様が、味わうべき経験や出会うべき人を準備しているからに違いないと思うからだ。ただ残念なことに、私は決して往生際が良い人間ではないので、その境地にたどりつくまで結構時間を要する。

　したがって、今まさにコロナウィルスによって強いられている変化を受け入れなければと頭ではわかっていても、なかなか気持ちがついていかない。

　しかし、そんな自分の気持ちと実際に書いたものを俯瞰してみて気づいた。そもそも、私が伝えたかったのは「どうにもならない状況でも全力で味わって経験値を積んでみよう」ということじゃなかったのか、と。それは、これから始まる新しい価値観の時代にこそ、持ちあわせていたい考え方ではないかと思った。

　ちなみに、私達女性は人生の節目において「免罪符」のようなものを手にしている。旦那の都合で、子育てが忙しいからなど、決して自分のせいじゃないという「まっとうな言い訳」がある。そしてそこに「コロナの影響」が加わった。とりまく環境や個々の事情、そして世の変化を理由に「やらないこと」や「先延ばしすること」が許されることもある。けれど、それは同時に自分に対する言い訳だとも思っている。確かに納得できなかったり、受け入れ難いこともあるけれど、だからと言って自分の未来をあきらめる理由にはならない。

今の時代、働き方は多種多様になり、さらに急速にオンライン化やリモートワークの選択肢が増えた。つまり、以前よりリスクも少なく何かを始めることができるようになった。その一方で「簡単にできる」と「実際にやってみる」の間には未だに高い壁がある。

今までのやり方と同じ方法がまかり通るとは思わない。しかし、だからこそ「術」だけではなく「リアルな体験」をすることこそ大切だ。

私は何のあてもなく何の確信もないところから、鎌倉へ引っ越しカフェを開業、料理教室を主宰し、書籍を出版して世界が広がった。

この経験が、誰かの何かの背中を押すきっかけになればと願って書き進めた。自分の環境や条件に諦めグセがついている女性たちに「やってみなけりゃわからない」と腹をくくってほしいのだ。つべこべ言わず、その場その時に「全力で流されてみる」ことも未来を切り開くきっかけになるからだ。

そもそも「なりたい自分」や「やりがいのある仕事」など外に転がっているわけではないし、誰かに見つけてもらうものでもない。それらはすべて自分の中にある。それまでの自分の経験の中から育てていくものだ。

人生何がおこるかわからないし、選択したことが最善かどうかもわからない。しかも、これからの時代は一層不透明だ。だからこそ、経験は裏切らないし、行動するクセは生き抜くための筋力になる。どんな経験でもそれを最善に変えていくことだってできる。先行きが不安で少し前までの当たり前が根こそぎ変わっている今だからこそ、そう言える。

ぜひ、しなやかに流され、たくましく経験し続けて、ひらめいたことを行動に移してほしい。人生やってみなきゃわからないのだから。

第一章

子育てとやりたいことの狭間で

出産と初めての子育て

産後の戸惑いと慣れぬ育児

まずは鎌倉に引っ越す前に、私がどんな暮らし方をして、どんな思いを持っていたか。子育てと生活、そして仕事についてお伝えしておく。

新卒で入社した会社に11年ほど勤めてやめたのは30歳を少し過ぎたころ。自分がやってみたいことは、もう十分やり切った感があったからだ。そしてしばらくは遊んだり勉強したり、友達の店を手伝ったりしながら気ままに暮らしていた。そして33歳のときに子供を産んだ。

産んだ直後、初めて我が子を見たときはサルみたいで正直引いた。一方で、これがお腹の中にいたのか・・・と、何とも言えない不思議な気持ちが沸きあがった。晴れて対面できた喜びと生命の神秘に震えた。

しかしそんな感動もつかの間。産んでみてまず思ったのは、「産むこと」そのものより「産んでから」の大変さ。何を要求しているのかさっぱりわからないし、言葉も通じない。だけど間違いは許されない（と強く思っていた）。

授乳に夜泣き、発熱に予防接種・・・「知らなかったよ」「早く教えてよ」という気持ちを抱えつつ、常に親としての自分はこれでいいのだろうか？　という不安しかなかった。

無事出産してホッと一息・・・なんてできる余裕もなく、人の命を預かってしまった責任と、突然目の前に現れたまったく意思疎通できない物体（？）を前に途方に暮れた。

子育てと違って勉強も仕事も「やればできる」そして「やったらそれなりの評価がもらえる」というもの。

しかしそれらとまったく正反対の初めての経験に戸惑い、慢性的な睡眠不足と戦い、気持ちも体も何をしているのか記憶もあいまいな日々を送っていた。しかも基本的に旦那は仕事と遊びに忙しく、家にいない。俗に言う「ワンオペ育児」だ。

まだ子供を持たないときに先輩ママから「自分のために淹れたコーヒーを一口飲む時間すらない」という話を聞いたときは、「え！　うそでしょ」「なにを大げさな・・・」と内心疑っていた。

「仕事より忙しく、大変なわけはない」

と高をくくっていたのだ。

けれど、自分がその立場になってみて愕然とした。お茶一杯を飲む時間もない。なんなら、今朝歯を磨いたかも覚えてない・・・という衝撃！！

一瞬のスキをみてお茶を淹れても、一口も飲むことなく冷め切ってしまう。やっとお昼寝してくれた間に、レンジでチンしてさて飲もう！・・・と思ったときには子供の泣き声であえなくタイムアウト。一事が万事、そんなことの繰り返しだった。

公園デビューをしてみた

一日中話し相手のいない寂しさに背中を押されてカタチばかりの公園デビューをしてみたものの、周りのママたちは元気で若々しく、それだけで気後れした。例えば、キャミソールからのぞく二の腕が細すぎる・・・という羨望と衝撃（笑）。それでも「子供の社会性を」などと考え、マンションから出て公園にも児童館にもボチボチ顔を出していた。

何人かのママたちと顔見知りになり家に招かれたりしたものの、まずはビールで乾杯！・・・というわけにはいかず、お茶を飲みながら子育てにまつわる話に終始した。「おむつはどこのメーカーがいい」「離乳食はこれがおススメ」などなど。会話そのものは共感できるし、役立つものではあったけれど、正直それほど楽しいと思わなかった。しかし、マンションの一室で子供と二人だけで過ごすことに比べたら、かけがえのない「外との交流」だった。知りあったママ友のお宅には1、2度おじゃましたが「同学年の子供の母」という共通項だけで親同士が親密になることは、私にとっては難しかった。

でも、ここは子育てをしている自分がいる現実の世界。私はこれからこの世界で生きていくんだ・・・これが世に言う普通の幸せなのかも・・・と思って俗に言う平和を実感した。それと同時に、それまで自分で考え好き勝手に暮らしていた生活とあまりにもかけ離れている現実に、気が抜けて絶望した。

ママとなった自分への違和感

新入社員で働き始めたのは1986年で、時はバブルの真っただ中。都心のオフィスで、深夜残業も当たり前の毎日。睡眠不足で肌ボロボロになったけれど、仕事も仲間との時間も楽しくて仕方なかった。

「サクっと飲みに行くか」と繰り出すのは大抵終電後。明け方になって家に帰り少し寝てすぐ出社。冷静に考えたらやっぱり尋常じゃないと思う一方で、もうあんな濃いときを過ごすこともないのか・・・と寂しくも感じた。

だから、「まっとうな生活」に気がついて逆に良かった・・・と頭では納得しようとしていた。今感じる寂しさや懐かしさはそのうち消える、そしてこの退屈で平凡な毎日がきっとかけがえのない日々になっていく・・・にちがいない・・・頼む・・・そうであってくれ・・・と半ば念じていた。このころは子供を持った自分の居場所と気持ちの落としどころを必死で探していた気がする。社会から取り残された寂しさとともに。

私はもともと心配性だ。頼る人もいない子育てに不安や心配事は山ほどあった。その一方で育児以外何もしていない自分にも不安と焦りがあった。しかも私は人見知りでもあるし、内弁慶でもある（満載！）。だから新しい環境や新しい人に気後れすることが良くあった。実はその気持ちの裏側には、自分はめちゃくちゃ働いて普通の人より濃い日々を過ごしてきたというワケの分からないプライドがあった。

つまり周りの人や環境がどうこう言うより、新しいものに自分から馴染んでいくことができなかった。心のどこかで「私は違う」、そもそも「私は○○ちゃんのママ」だけじゃないから・・・と思っていた。

それでも、だんだん言葉を話したり歩き出したりと日々成長していく子供との生活は、単純に楽しく毎日新しい発見があった。残念ながら初めてしゃべった言葉は「ママ」ではなく「ワンワン」だったけれど、たどたどしい言葉から何を言っているか想像するのも面白く、愛おしい気持ちがあふれた。人間の成長とはすごいもので、本当に毎日毎日しゃべる言葉が増えて私たち親子のコミュニケーションも深まっていった。

なにより感じたのは、自分は自分以外の人間にこんなに頼りにされたことがあっただろうか？　ということ。

少し姿が見えなければ探し回られ、ちょっと出かけるときには大泣きだ。時折、少し距離を置きたい・・・と疲れ果てるときもあったけれど、必要とされていることは一人の人間として大きな喜びでもあった。

都心の子育て

公園で無理やりママ友の仲間に入らなくても、ママチャリに子供を乗せて、結構遠い広場まで遠征をする楽しみも発見した。思い切りボールを蹴ったり、川に向かって大声で歌ったり、紙飛行機を飛ばしたりした。

私が飽きるか疲れるか・・・のタイミングでサクッと切りあげ、帰り道はスタバでお茶をして締めくくり（これは自分へのご褒美）。

都心が近いということはある意味便利でもあり、毎週末に読み聞かせイベントがある老舗の本屋さんに通ったり、デパートのおもちゃ売り場や大きな文房具店を巡ったり、ビルの上から東京駅の電車を何時間も眺めたりした。

このころは子供と一緒に自分もそれまで知らなかった都会の一面を楽しんでいた。

都会には都会の子育てがある。住んでいる場所に自然環境の乏しさはあったものの、それ以上に自分にとっての「都合の良さ」「馴染みの生活圏」であることが、大きな安心につながっていた。

自宅は陸の孤島

住んでいたマンションは社宅として借りあげられていた物件で、昔の勤務先には「自転車で10分程度」で通える絶好の立地だった。しかも、休日に遊びに出かけるにも色々な場所へのアクセスが良かった。

子供が生まれる前に夫婦二人とも働いていたときは、何よりこの立地の便利さに助けられていた。日用品や食品を買う店はまわりにはなかったけれど、所詮家には寝に帰るだけ。必要なものが欲しければ残業の帰りに閉店間際のデパートに滑り込むか、休日にバスに乗って隣町の商店街まで行けば十分だった。まだ地下鉄も計画中で開通していなかったが、バスやタクシーを利用すれば当時はそれほど生活に不便を感じることはなかった。

ところが子供が生まれて、私の生活だけが激変した。

いきなりこの「陸の孤島」のようなマンションが私の生活拠点となった。仕事や遊びに行くには便利だったこの場所は日中に子供と二人で過ごすには不便で、実際に小さい子を抱えては買い出しひとつもままならなかった。

家と公園と児童館、そして近所のスーパーが私の生活圏。小さな行動範囲の中では見る景色も、行きかう人も、決して刺激的ではなかった。このように、自分の生活拠点がこの「陸の孤島およびその近所」に限られてしまう現実は、私に何かを諦めなさいと言っているようだった。自由にウィンドウショッピングをしたり、映画を観たり・・・そんな生活をしていた時代は遠い昔。

今振り返るとそのころはよっぽど「ショッピング」というものに飢えていたのだろう。ネットも普及していない時代だったので、週1回の「生協」の宅配チラシが私の愛読書？となった。何度も何度も繰り返し眺めては、お手頃価格のお菓子やかわいいタオルなんかを爆買いした。

今ならネットで探せばなんでも見つかるし、クリックひとつですぐに家まで届く。試着して返品だってできるから、かえって実際にショッピングに出かけるよりもよっぽど便利だ。また家に居ながら映画だって見ることができるし、友達ともリアルタイムにつながることができる。おまけに、自分が作った料理や育児の様子などSNSにアップすれば、全然知らない人から褒められたりして自己承認欲を満たすことだってできる。

今の世の中はつくづく便利になったと思うが、その当時は、毎日一人で得体のしれない物体（子供）と向きあって時間を過ごすしかなかった。しかし、そんな日々を過ごすうちに、次第に母としての自分にも慣れていった。またそれと同時に、せいぜい半径1キロくらいの生活圏も当たり前のことになった。

敵は家庭内にあり

人間はどんな環境にも適応していくものだなぁと思うが、実は思わぬ敵は家庭内にいた。旦那は父親になってもあいかわらず何ひとつ変わることなく、仕事に飲み会に忙しかった。それを恨めしく思う気持ちはあったけれど、昔は私も同じように生きていた。わからないでもない。受け入れることはできないけれど、わからないでもない・・・と思っていた。

ところが、そんな我慢の日々に事件が起こった。

その日、夜泣きする我が子を抱っこしてベランダに出た。目の前の川や通り過ぎる車などを眺めながら、抱っこしつつ歌を歌って・・・2時間・・・。子育て経験がある方はおわかりだろうが、抱っこをやめると子供は泣く。

結局2時間立ちっぱなしで抱っこし続けて、ようやく寝ついたときだった。酔っぱらってご機嫌な旦那が大声で歌いながら帰宅した。歌っていたのは忘れもしない「ドラえもん」の歌（曲のチョイスも腹が立つ！）。

癪に障る。癪に障るがやっと寝ついた子供が隣にいる。

ひたすら無の境地になり、必死に我慢していたそのとき、

「ただいまーーー」ご機嫌な旦那が、元気よく私たちが寝ていた部屋のドアを開けた。当然、やっと寝かしつけた子供は目を覚まし泣き出した。これには温厚な私もさすがにブチ切れ、旦那に向かって腹の底から声を絞り出した
「私がどんな気持ちでいるかわかる?」（超テノール）
そのときの返事が、夫婦の歴史に残る迷言（?）となる。
「わかっていたら飲めませーーーん」（しかも変な節をつけて歌いながら）
この瞬間、怒りを通り越して茫然としてしまった。
あまりに衝撃で言葉が出なかった。そしてそのあと、ジワジワと別の思いが浮かんできた。
「・・・た、たしかに。わかっていたらこんなにバカなことができるハズないよね・・・うんうん。うまいこと言うなア」
・・・おっと、いけない!
怒るのを忘れるところだった!

だいたい今日だけの話じゃない。いつも気が向いたときしか子供の面倒をみない旦那に対して、あのときもそう、その前だってそう・・・あんなこともあったし、こんなことも

あったよね・・・過去に口に出さずに腹に収めたことを次々思い出した。はい、パンドラの箱開きました！

けれどこのときは腹を立てながらも妙に納得してしまった。そして、人は衝撃的すぎると、当然の反応ができなくなる。おバカな旦那を持つと色んな耐性がつく。

そして後に、この「ドラえもん事件」はことあるごとにネタとして使わせてもらっている。特に同じ子育て中の友達夫婦と会ったときなど、この一件を話すと必ず「それはないわぁ・・・」と声をそろえて旦那を責める。なんとスッキリすることか！　私が直接文句を言うよりも、第三者から冷たい目で見られるという「間接おしおき」はとても効果的だ。私はその都度留飲を下げている。

それでも未来が見えていた

夫婦二人だけの生活とはまったく変わってしまったものの、他人でありながら「夫婦」としてお互いを理解していることは変わらなかった。細かいことで旦那に腹が立つことは幾度となくあったけれど・・・。

一方で、何も変わらないおバカな大人たちと違い、子供はどんどん成長してどんどん面白くなってくる。三輪車を乗り回すようになった、上手に歌を歌えるようになったなど、三人の暮らしは日々新しく楽しかった。「子育ての不安」は都度あるものの、「暮らしへの不満」はそれほどなかった。

たしかに、慢性睡眠不足で時折朦朧とするけれど、これは永遠じゃない。だから子育てがいち段落してまた社会に再デビューするころは、この「陸の孤島」は「仕事をするには便利な場所」「ショッピングにも友達に会いに行くにも便利な場所」にもう一度戻るに違いないと思っていた。それを信じて疑わなかった。それが心の支えだった。

やっぱり仕事がしたい

社会とつながっていたい

出産したとき私は無職だった。正確にいうと直前にアルバイトをやめていた。だから、私は育休中という立場ではなく乳飲み子を抱える専業主婦。つまり、子供を産んでからは完全に「無職」ということになった。

けれども私は根っからの「仕事好き」だ。子供を持ってからも働きたいという気持ちは常にあった。それは「自己表現」なんていう立派なものではなく、単純に収入・気分転換・人とのつながりがほしい、そんなシンプルな欲求だった。

また、子供が生まれて数か月後、慣れぬ子育てに孤軍奮闘していたからこそ、子育てばかりではなく「何か身につけなくちゃ」という思いも強くあった。

今考えればだいぶ無理をしていた・・・というより、もはや血迷っていたレベルかもしれない。在宅でできる仕事を探してみたり、雑誌の記事モニターに応募したりと思いつくまま手を出してみた。

雑誌の記事モニターなんて、今考えればただの「謝礼付きアンケート」なのに、自分の意見が雑誌作りに役立って、もしかしたら「隠れた才能」なんかが開花しちゃうかもしれない・・・などと恥ずかしく恐ろしい未来を想像したりした。きっと極度の睡眠不足が私の妄想に追い打ちをかけていたと思う。

また、外に出られないならこの際資格でも取ってみよう！　と自分の性格を省みず、絶対に無理な「再就職に有利な通信教育」などに申し込んだりした（結局テキストをざっと眺めて二度と開くこともなかったという当然の結末）。

色々あがいてみたものの、やはり外に出たい、どこかで働きたいという思いが強く、子供の1歳の誕生日を待たずに職探しを始めた。

職探しの壁

小さな子供を抱えての職探しは、それはそれは難しかった。実際、応募先の面接ひとつも子連れでは行けず、そのためにベビーシッターさんをお願いしたりした。仕事もしていないのに、すでに高額出費！！

このときは「いざというとき預けられる自分の実家」とか「近くに住む姉妹」など持つ人々を心から羨ましく思った。というより、そんな恵まれた状況で子育てができる人たちを半ば恨んですらいた。少しの時間だけ子供を見ていてほしい、というシーンは数えきれないほどあった。

例えば産後の母親検診や歯が痛み出したときの急な歯医者。預け先がないのでそのどれにも生後まもない我が子を連れていった。病院の待合室では「こんな小さな子供を大人の病院に連れてきちゃだめよ」と他人に言われて、悔しくて下を向いて泣いたこともある。

その他にも、緊急度合いは低いけれど美容院ひとつ行く自由もなかった。少しの間だけ預けたい、それは決して今日一日とか週末ガッツリとかではなく「たかが1、2時間のこと」なのだ。それすら頼むあてがない。その不自由さに苦しむことも多かった。なぜ自分には頼れる「あて」がないのか・・・と。

そして肝心の企業面接では決まって聞かれる質問があった

「子供が熱を出したらどうしますか?」

「かわりに見てくれる人はいますか?」

つまり、急なお休みは困る。バックアップ体制がないと安心して採用できない。ということだった。

これについて思うことはたくさんある、言いたいこともある。それでも私が採用側なら当然同じことが気になると思う。だから、この点について特段反論する気はない。

ただ、子供を抱えての職探しや実際仕事をしてみる中で痛感したことは、決して「やりたいこと」や「自分だからできること」を求めてはいけない、ということ。

つまりそれまでは「自分の力」や「才能」を売り込めばよかった。胸を張ってそれを評価してもらえればよかった。けれど子供を抱えて働くということは「環境」という半ば運命次第の切り札を持っていないと厳しい。環境が整っていない者は圧倒的に不利であり、それ次第で自分の評価は大きく下がった。

これは片っ端から仕事を探してみて痛感したこと。「緊急時の子供の預け先」の明確な答えが自分の評価となった。

心なんてとっくに折れていた。もはや職探しにおいて「やりたい」とか「挑戦したい」という気持ちはきれいさっぱりなくなっていた。

子供を預けて働くということ

それでも何とか仕事を見つけた。将来のキャリアとか夢を・・・というより、とにかく社会とつながっているための仕事と腹をくくった。けれど、その仕事を精いっぱいやれば何かが見えてくる、きっと次につながるという思いもあった。好きなことを仕事にするのではなく、就いた仕事を好きになってみるのもアリだ、と思った。

それでも、その後いくつかパートを経験する中で、いつもビクビクしていた記憶がある。なぜなら集団生活の中で子供は突然熱を出したり病気をもらってくることがとても多い。電話が鳴るたびにドキッとした。

実際に「熱が出たのですぐお迎えお願いします」という保育園からの連絡は頻繁にあった。そのたびに仕事を早退しなければならなかった。平謝りで職場を抜け、保育園でぐったりしている息子を引き取り、その足で小児科へ駆け込む。

「きっと明日も仕事を休むことになるんだろうなぁ」「今月2度目だ・・・」

そんなことが度重なったときは「もしかしたら月末で契約を切られるかもしれない」という不安に押しつぶされそうだった。実際、子供を寝かした後の夜中に何度も起きて、子供の額に手を当てて熱が下がったか祈るような気持ちで確かめたりした。

この「子供が病気のときの記憶」は辛すぎるので、今でも記憶の奥深くしまいカギをかけている。ひたすら全方面に謝っていた記憶しかなく、それがあまりに理不尽で辛かったから（笑）。

保育園に謝り、職場に謝り、「もっと早めに受診しなきゃダメだよ」と言うお医者様に謝り。そして肝心の本人（子供）にも「しんどかったね・・・ゴメンね」と謝る。だけど結局誰も私を理解し労わってはくれない。ほんと、今でも泣けてくる。

頼る人もない子育ての真っただ中で、子を預けて働くということはわがままなのか、母親失格なのか。何度も何度も自問した。

けれど社会とつながっていたいと思うなら、あらゆることを全部自分で引き受けて綱渡りのような毎日をやりくりするしかなかった。そしてひたすら職場に理解を求め、迷惑をかけることに鈍感でいるしかなかった。

「しんどい」と相談できる人もいなかったし、旦那に言ったところで「じゃあ仕事やめれば」と優しくも的外れな結論を言われるのは目に見えていた。

働く意識を激変させた事件

今でも忘れられない出来事がある。まだ手のかかる子供を抱えて、自分が「どんな働き方」をするか身につまされた一件だった。

それは子供が保育園の年中さんのころ、何度目かの転職で営業の仕事についたときだった。自分がやった分だけ収入になるという業務委託という契約で、自分のペースでできる営業の仕事をしていた。これなら人に迷惑をかけず、自分でやりくりできる！　そう思ったのと、営業という仕事に挑戦して自分の力試しをしてみたかったこともあり、私は張り切っていた。

しかし、それでも子供は熱を出す。お客様からの急な呼び出しに応えられないときもある。

そんなある日、前任者から引継いだ会社に問題が発覚し、その対応をすることになった。そもそも取引を始めるときにきちんと説明しておかねばならないことが、まったく伝わっていなかったことが原因だった。

前任者はすでに退職しているので、新しい担当者の私がいきなり込みいった説明をし、取引先に理解を求めなければならなかった。上司と話しあい、まずは担当者の私が電話で経緯を話すことになった。

しかし、そんなときに限って子供は熱を出すもので、この日も保育園にお迎えに行って自宅に連れ帰った。自宅から上司に連絡をして、電話をいったん替わってもらえないかとお願いした。なかなか難易度が高いということ、急ぎで対応しなければならいことに加え、電話で説明するには相当時間がかかると思われる案件だったから（言わなかったけれど、そもそも前任者が発端でしょ！　という思いもあった）。

当然、何時間もかけて必死に対応しても私には1円の収入にもならない。それでも「これも仕事の一環」と我慢をしたが、具合の悪い子供はすでに私のそばで愚図っていた。私が長時間電話をかけていたらきっと横で泣きわめくに違いない。そんなとき、相談した上司が電話口で言った言葉が衝撃すぎた。

「うーん。だったら子供をベランダに出して鍵かけちゃったらどおかなぁ」

「・・・・・・えーーーー！！！」

びっくりして腰を抜かしそうになった。普段は優しく理解もある上司は冗談で言った一言かもしれないが、私の中の何かがプツリと途切れた。

「そこまで必死にやる必要ない」と。

そしてほどなく私はこの仕事を辞めた。

自分流「働き方改革」

それでも営業の仕事は楽しかった。前述の上司も含め、同僚は普段はみんな優しく働きやすい職場だった。そして出先で社長や工場長に聞く話はどれも面白く、知らない世界を知ることは興味深く刺激的だった。さらに仕事をした結果「君のおかげで」と感謝されようものなら、本当に心からうれしかった。

けれど、キッパリとやめた。この一件の後、私の職探しは「面白そう」「挑戦してみたい」「これならできるかも」という希望よりも「誰でもできる仕事」「無理のない仕事」に完全にシフトチェンジした。

幸運なことに家の近くで、比較的融通のきくデータ入力の仕事を見つけた。自分のキャリアアップになるとか、将来につながる仕事・・・ではないと思うけれど、反対に誰にでもできる仕事、急に休んでも他の人が対応可能な仕事というのは本当に貴重でありがたかった。

子供はあいかわらず急に熱を出すこともあり、もちろん代わりに面倒をみてくれる身内もいなかった。それでも理解ある職場と近所の保育園に支えられながら、育児中心の生活と自分の仕事の両方を、ギリギリの絶妙なバランスで保っていた。

自分の居場所を見つけた新しい仕事

このデータ入力の仕事は一番長く続いたし、職場の仲間も良い人ばかりで子連れOKの忘年会なども開催してくれた。自宅から職場までは徒歩5分ほどの距離であり、極めて小さな「私の社会」だったけれど、安心できる自分の居場所ができたことがうれしかった。

しかも私にはゴールが見えていた。あと少しで子供が小学校に上がる。小学生になれば今よりも体力も免疫力もついていく。「熱が出たのですぐにお迎えを」という電話に怯える日々もあとわずか。そうしたら「自分が興味あること」や「自分が挑戦したい仕事」をまた探してみよう！・・・そんな自分の未来を待ちわびていた。

それまであと少し。

第二章

鎌倉移住

鎌倉に引っ越すことになりました

突然の「野山を駆け巡る」発言

そしてそれは、息子が小学校に上がる前年の夏のことだった。

突然、旦那が言い出した。

「やっぱり子供には野山を駆け巡らせたいなぁ」
・・・は？（しばし思考停止）
野山ねぇ、駆け巡るわけだ。

うんうん、わかるよわかる。

良さそうだよね、楽しそうだよね、男の子だから。

たしかに我がマンションはトラックも行きかう大きな道路沿い。同じ保育園の友達がみんな入学する予定の公立小学校の校庭は、コンクリートでできたコンパクトな都会仕様。決してダメではないけれど、子供のことを考えれば野山を駆け巡り、川で遊ぶ・・・そんな毎日の方が「良さそう」だと思った。いや、正確には子供がどう感じるか？というより、子供のためにそうしたいと思う親のエゴ。

　とにかく、自然豊かなところで伸び伸び育つのは「良さそうだ」とは思った。けれどその「野山引っ越し発言」を聞いた私が一番最初に思ったことは「じゃ、仕事やめなきゃ」。そして「友達とも気軽に会えなくなる」という軽い絶望だった。

　都内に通勤する旦那にとっては単なる「家」の引っ越し。そりゃあ素晴らしい気分転換になるでしょうよ。

　そこへいくと、引っ越し先によって学校が決まり、そこが生活の拠点になる私と息子にとってこれはある意味人生のプチ転機。

「また一からやりなおしかぁ」

　引っ越し先での新しい仕事探しと人間関係再構築というミッションに、一気に気が重くなった。

　残念ながら息子が大自然の中で駆け回ることよりも、自分自身のことの方が不安で仕方なかった。大満足ではないものの、安定志向が強い私はその時の慣れ親しんだ生活に満足していたから。

　近くの保育園、理解ある近くの職場、そして保育園の友達と一緒に進学する近くの公立小学校。学童保育は馴染みある児童館。私自身は昔の職場も近いこともあり、たまには時間をやりくりして仕事終わりの友達とご飯を食べたり、お茶を飲んでおしゃべりするために少しだけ出かけることもできた。なにせ、都心に近い便利な場所に住んでいたから。

そして子供が小学校に上がったら私は、気持ちにも時間にも少し余裕ができるに違いない。上手い具合に、子育て中にここ「陸の孤島」には地下鉄が開通し、格段にどこへでも出かけやすくなっていた。

いよいよ自由になる自分の未来！　と漠然と希望を抱いていた。

それがいきなり「引っ越し」ですと?·?

「便利な都会暮らし」の毎日が砂の城のようにバラバラと崩れていくのが見えた。

納得しないまま引っ越しを考える

新しい環境に馴染むことがあまり得意ではない（と思う）ので、引っ越しを考えると気分が沈んだ。

ただ、結局最後まで心から納得はしていなかったものの、「親として」自然豊かな土地で暮らす方がどう考えても「子供にとって良い」と思えたのも事実だった。だからいったん「自分の気持ち」を脇に置いて、どこに引っ越すかを考え始めた。

いくつかある候補地に週末ごと足を運び、そして最終的に「鎌倉」に引っ越すことにした。特に縁があったり、親や親せきが住んでいたわけでもない。決め手はひとつじゃないけれど、ざっくり言うと「ちょうどいい」感じだったからだと思う。

都内までの距離がちょうどいい。

つまり通勤にもちょうどいい。

自然環境もちょうどいい。

住んでる人の感じもちょうどいい。

都会でも田舎でもない場所、だけど野山がある場所。

けれど、引っ越す前に抱いていた鎌倉という街のイメージは、海を愛するサーファーの街、休日にハイキングやＢＢＱを楽しむアウトドアな人の街、有機野菜を食べオーガニックな洋服を着る意識高い人の街。それが私の妄想の世界。だから私のようなどれにも当てはまらない人間は、果たして馴染めるだろうかと不安もあった。しかし、その一方で一生懸命「そっち側」に寄せていこうという覚悟もあった。なにしろ、当初は「永住」ではなく、子育てが一段落するまでの「引っ越し先」だったから。

イザ引っ越し

引っ越し先を鎌倉に決めても、すぐに都内のマンションを引き払ったわけではなかった。まずは「本当にそこで大丈夫か」お試しのために、鎌倉に小さなアパートを借りての二重生活が始まった。実際の鎌倉での生活はどんなものなのか？　学校やそこに住まう人はどんな感じか？　などを実際に肌で感じて決めたかった。

夫婦二人なら、引っ越してから後に違和感を感じたら「また違うところに引っ越すか」で済む問題も、子供の学校が絡むとなるとそう簡単にリセットできない。半年ほど週末を中心に鎌倉のアパートで生活し、平日の朝は実際に「通勤シュミレーション」もした。これは当時会社勤めの旦那のため。

浮き草暮らし期間

鎌倉と都内と行き来したこの半年ほどは、気持ちも揺れ動いた不安定な時間だった。結局どちらも「ホーム」じゃないという思い。

保育園の卒園が近い息子は、友達の中で一人だけ「誰も知らない小学校」へ行くことに反発していた。

「僕は鎌倉に行っても絶対に友達を作らない！」

今となっては恰好の笑い話のネタだが、当時まだ幼い子供の気持ちを考えると少なからず胸が痛んだ。なぜなら、私自身も同じ気持ちで、引っ越しなんてしたくなかったから。

そんなジレンマを抱えて始めた「週末鎌倉暮らし」は、当然知りあいもいなく、子供の友達もいない「よそ者」の「新参者」だった。

子供が学校に通っているわけでもなく、私たち親が地元で育ったわけでも仕事をしているわけでもない。お茶に招いてくれた大家さん以外、知りあいや友達はできなかった。たしかに心細かったけれど、きっと本格的に腰を据えたら変わる。子供が小学校に上がったら、私が仕事先を見つけたら、きっと新しい交友関係が始まる。不安もあったけれどそう思っていた。

当然この不安は旦那とは共有できない。なぜなら自分だけ変わらず都内に通勤し、仕事終わりに同僚や友達と新橋あたりで飲んで帰るという、何も変わらない自分の日常があったから。

徐々に鎌倉に根を下ろす

いくつかの公立小学校を見学して、通わせたい小学校を決めた。運よく、都内のマンションと並行して借りていたアパートは通う小学校の学区内だった。私も近所の商店街でのパート先を見つけ、学童保育に通う手続きもすませた。徐々に生活の基盤が整ってきた感覚があった。

このころはもう「フルタイムで働く」とか「自分のキャリアのために」という考えはほとんどなくなっていた。それよりもしばらくはこの鎌倉で、自分の居場所を作るという気持ちだった。

パートで働くという選択をした経緯はいくつかある。

まず鎌倉に「私のような主婦が再就職できるフルタイムの仕事」が見つけられなかったからだ。特別な資格や経験を持たない者が働けそうな「企業」や「施設」などは本当に数えるくらいしかなかった。

さらにまだ鎌倉と言う土地がどんなところかもわかっていない。近所にある会社や店の地元の評判すらわかっていなかった。言葉や文字になっていないけれど「なんとなく地元の人が感じている印象」を掴むためにも、いったんパートで働きながら「地元感」を養いたいと思っていた。

ＰＴＡとママの世界

子と親の新しい世界

実際、小学校の集まりなどは、予想したより頻繁に平日の昼間に開催された。フルタイムで働いていたら参加は厳しかった行事もたくさんある。

何しろうちは一人っ子。親にとっても1回だけの学校行事。だからできるだけ優先して参加したいという思いが強くあった。子供について経験することがすべて「最初で最後」なのだから。その意味でも、近所でパート勤務できたことはラッキーだった。パート先の同僚は同じような年回りの女性が多く、ＰＴＡ行事や子供の休みにあわせてシフトを調整してくれたり、早退も快く受け入れてくれた。

実際「子供が熱を出して仕事にいけない」というときには、お互いに直接連絡して穴埋めしたりした。

引っ越し早々このような環境に恵まれ、私自身も「子供が通っている小学校」に馴染むための時間を十分にとることができた。

衝撃のＰＴＡデビュー

小学校というところがどんな「システム」でどんなふうに「運営」されているものかまったく無知であった私は、入学早々大きな出来事に遭遇することになる。

入学式当日に配布されたたくさんの書類の中に「ＰＴＡ」についての案内と役員事前募集のアンケートがあった。卒業までの６年間で、１回は何かしらの役を引き受けてほしい、という案内とともに。

慣れないながらも何かお役に立ちたい、学校をよく知りたい、先生や父兄の方とも親しくなるキッカケもほしい。そんな思いがあった私は、「広報担当」に丸をつけた。

なんとなくできそうだと思ったのと、学校のことも、先生のことも知る機会があるはずだと思ったから。

しかし、アンケートをもとに開催された「役員決めのための保護者会」は、役職の枠に上手い具合に人が当てはまらずその場が長引く様相を呈してきた。私が丸をつけた「広報委員」はなぜか人気で複数人が名乗りを上げていた。司会進行をする「前年度の役員さん」が言うには、こういう場合はダブった候補者が空いている役職へ回るという方法で対処してきたと言う。

「では、じゃんけんをして下さい」

・・・きたーーー！（涙）

昔からじゃんけんには妙に弱い私。このときも当然のごとく負け、こともあろうかクラスの保護者代表である「学級委員」になってしまった。

このようなPTA役員決めの場を複数回経験している先輩ママの中には、それぞれ「対策」なるものを考えている人もいるらしい。なるべくなら「ひっそりとやり過ごす」か、役を受けるとしても「負担のないものを」と思うのは、忙しいママたちからしたら当然のことかもしれない。けれど、繰り返すが一人っ子なので、親子ともども何事も初めて。当然「丸腰」で参加している。

PTA役員決めは、良く言われるようにある意味「ハズレくじ」「押しつけあい」の要素がないとも言い切れないが、その一方でせっかくなら腹をくくってやった方が良いとも思っていた。

そして実際、このとき予期せぬ流れではあったけれど、学級委員を引き受けたことが決して「ハズレ」ではなく、間違いなく「ラッキー」だったと感謝することになる。けれど、当時の私はただただ気が重く、なんでこんなことになってしまったのだろうかと途方にくれた。

未知なるママの世界にビビる

慣れるまで様子見をしようと思っていたのに、誰も知らない鎌倉で、新参者の一人っ子ママがいきなり学級委員って・・・(涙)。どうしたら良いのか右も左も・・・どころか前も後ろも全然わからない。

それよりなにより、人見知りの私が知らないお母さんたちと上手くコミュニケーションをとれるだろうか?

がむしゃらに突っ走っていた仕事と違い「保護者」として学校の行事に関わるのは、どの程度の力の入れ具合が正解なのかもわからなかった。

なにしろ私は「ママたちの世界」というものに馴染みがなかった。

息子が都内で通っていたのは保育園で、そこで会うママたちの会話は必要最低限。なにせお互い「時間に追われている」から。

挨拶もそこそこに、着替えやおむつをセットしたり、お昼寝の布団カバーをかけたり、先生に伝言したり・・・さながらF1のピットイン状態。夢中で手を動かしながらほんの少しの会話を交わし心でエールを送る・・・という状態。お茶でもしながらゆっくりお話しましょう・・などは夢の世界で、バザーやお泊り会などママたちと園で協力して何かをする、という経験もなかった。

だからママたちの世界ではスタンダードな物の考え方や決め方などの「さじ加減」がまったくわからなかった。当然「ママたちの共同作業」も未知の世界だったが、これもその後数々の失敗を経験して学んでいくことになった。

発見した掟と馴染むキッカケ

さて、衝撃的な学級委員デビューからしばらくして、役員さんで何度か顔あわせをした。数人いた同学年の役員さんたちはまさかのほぼ同い年という幸運。下手するとひと周りくらい違う異世代ママもいる場合もあるが、みんな同世代なら「背景」が一緒なので、割とすんなりと意思疎通できて決まることが多かった。

けれど、ただひとつだけそこで私が学んだことがある。それは「答え」や「結果」を最短で出すことが必ずしもみんなが満足するゴールではないということ。つまり「仕事」と同じように「効率よく」やることが最善ではないということを学んだ。

たとえばコピーひとつをとってみても、関係するママたちの予定をすりあわせることから始まる。

え・・・？　コピーなら夕方ちょっと時間があれば一人でできるから！　と心の中で絶叫してもそうはいかない。全員でやる。みんなで不公平なく分担するということがとても大事なのだ。

多分そこには、「誰しも忙しくて大変だから一人に仕事が集中しないようにしよう」「助けあい、協力しよう」という配慮や思いやりがあるのだろう。が、しかし、私はこのやり方に慣れるまで本当にたくさん気持ちと時間を費やした。

私がそれまで当たり前だと思っていた「空いた時間に自分一人でできるからサクッとやっちゃいますね！」は完全な「スタンドプレー」になるのだ。必ずしも、仕事を手際よく早く片づけるということが良いことではないのだ。

急がない。答えを出さない。みんなでやる。

これがママたちの大切なこと。

決して揶揄しているつもりはないが、「同級生の子供のお母さん」という共通項だけで組織される「女」たちの暗黙のルールなのだ。

そんな中でも私はきっと「個人プレーがすぎる」と思われていただろう。だからと言ってあからさまに非難されたり嫌な思いはしなかったけれど、異質だと思われたことはあったと思う。とくに当初は自分でもやりづらいと感じることがあって、昔の仕事仲間で今は遠くに住むママ先輩にふと漏らしたことがある。

「気のあうママ友ってできるのかな。」

すると友達は言った

「うんうん。わかる。よくわかる。」

「でもね、絶対にそのうち気のあう友達ができるから大丈夫。」

電話口で彼女は言いきった。

挫けそうになったとき、私はいつもその言葉をお守りのように思い出した。

子供はさっさと慣れていた

都内に住んでいるときから始めていた子供のサッカーも鎌倉で続けることにした。小学校ＯＢがメインで組織する地元サッカーチームに加わった。

これは通っていた小学校や近隣の学校の卒業生がコーチとなって指導してくれるチームで、歴史もあった。

練習は毎週末、通っている小学校の校庭で行われ、最初は体験で参加した。何事もビビりやすい息子であったが、このときは「同じクラスの友達もいる」ということが大きな後押しになって、すんなりと馴染めた。

遠征試合のお当番など、保護者の仕事として慣れないこともあったけれど、コーチもスタッフもみんな「ほぼボランティア」のようなスタイルで運営されているチームなのでできることはお手伝いしようと思った。また、そんなお手伝いを経験するうちに親同士の関係も密になっていった。

試合観戦中の砂埃には閉口することもあったし、年に一度のグラウンド整備に疲れ果てることもあったけれど、恵まれた自然環境は子供にとっては何事にも代えがたいものだった。グラウンドの横には小さな山もあり「野山」とまではいかないけれども、自然の中をそれなりに駆け巡るには十分に思えた。

その代わり、ハチに刺されたり、木から滑り落ちたり、ふざけて掘った穴に落っこちたり・・・。何度か肝を冷やしたこともある。それでも当の子供は自然の中で友達と遊ぶことを満喫していた。

学校が終わるといったん家に戻り、すぐに友達と遊びに出かけた。カバンの中一杯に落ち葉やら虫やらを詰め込んで帰ってきたりした。近くの川に入って蟹を釣ったり、学校の裏門の木でカブトムシをつかまえたり、自然とともに育っていった。

まさに鎌倉の「ちょうどいい自然」と「穏やかに住まう人」、この恵まれた環境と人に感謝しかない。

そして心の壁にぶち当たる

ただ引っ越し当初には凹んだ体験もあった。

そのころ、我が家はもっと広いアパートを探していた。

都内のマンションを引き払ったので、併行して借りていた鎌倉のアパートは手狭だった。鎌倉に本腰を据えるうえで、子供の小学校学区内にもう少し広い物件を探していた。ちょうど小学校のクラスメイトのお宅の前に良さそうな物件を見つけた。すかさずそのクラスメイトのお宅にご近所の様子などを聞きたいと思って電話をかけた。もちろん失礼を承知の上で。

ところが何度かけても電話に出ない。

お留守かも・・・と思いながら何度目かの電話でやっとつながった。

すると開口一言、

「知らないお宅からの電話は基本的に出ませんから。」

・・・なるほど。今の時代、電話に出ても名前を名乗らない、知らない番号からの電話は出ないなど、防犯対策として当然のこと。

未だに元気に名前を名乗って電話に出てしまう昭和な自分を反省するとともに思ったことがある。もしかしたら鎌倉と言う土地は頑丈な壁に囲まれたお屋敷も多い土地柄、人の気持ちも頑丈な壁で囲まれているのかも。

知りあった人はみな、丁寧な人たちだった。でも、そこからもう一歩親しくなるには、また別問題なんだな・・・と痛感した出来事だった。

これが小学校に入学して間もなくの出来事で、ちょっと凹んだ。顔見知りだから大丈夫！と思い込んで行動する自分のやり方は気をつけなければならないと思った。この一件で今までなかった警戒心とか、注意しながら行動する気持ちが沸き起こった。

自分は自分のままで大丈夫

しかしこれまた一方で全然別の体験もあった。

例のサッカーチーム加入の時に窓口になってくれた同級生のお母さんがいた。何度も何度も電話で丁寧に説明してくれて、その口調の親しみやすさにとても救われていた。

かれこれ数か月たったころ、ＰＴＡ主催で保護者親睦のためのランチ会を開催することになった。ドキドキしながらも「学級委員」という立場は主催者でもあったので「くれぐれも失礼のないように」とかなりビビッていた。なにしろ前述の「知らない人は警戒しています」とも受け取れる体験があったから。

さすが鎌倉？　なんだろうか、平日の昼間開催にもかかわらずなかなかの出席率だった。

ちなみに、これが授業参観や学校行事となると一層出席率は高く、鎌倉の人って本当にみんな熱心なんだなぁと感心したことを思い出した。

その中で例のサッカーのお母さんの「実物」に初めて会った。今まで散々話してきた「あの人」は「この人」だったのか！　お互い感動して、今後ともよろしく、と挨拶を交わした。

鎌倉新参者として凹んだ経験もあるので、「自分自身をありのまま出すのは気をつけなくちゃ」と過度に思い込んで萎縮していた。けれど、あまりに自然な彼女のリアクションと、昔からの友達みたいな雰囲気に「あ、自分は自分のままでいいんだ」とやっと救われた思いがした。

最初は様子見でビクビクしていたけれど、もしかしたら大切な友達ができるかもしれない。とうっすらと明るい光を見た気がした。

そして鎌倉が安心する場所になった

最初は右も左もわからず入学した小学校。子供ばかりでなく親も学ぶところが大きかった。学校行事やサッカーチームの活動を通じて、心が通いあう保護者の友達も増えていった。

子供はというと、入学した日にさっそく何人も新しい友達を作り、翌日から待ちあわせて楽しそうに学校へ通っていた。そこには、引っ越し前に「鎌倉では友達を作らない」とへそを曲げていた息子の姿はどこにもなかった。つくづく子供の順応力はすごいと思った。その後通った地元の中学校、電車で通学した高校、いずれも出会う人と環境に恵まれた。当然、思春期特有の揉め事もあったものの、総じて充実した学生生活を送れたようだ。「学校へ行くのが楽しい」と言ってくれるのは、親として幸せなことで、これものんびりした鎌倉という場所に支えられてのことだと思う。

特に電車に乗って高校へ通うようになってからは一層、ここ（鎌倉）が自分のベースなんだ。帰ってくれば小学校から知っている地元友達がいる。近所だからいつでも会える。いつもそんな安心感に支えられていたように思う。

自分が戻ってくる場所。

知っている人がいつもいてくれる場所。

実際、学校帰りの鎌倉駅で、小中学校の同級生とばったり会って一言二言交わす会話に救われたこともあったらしい。

部活でミスした、友達と行き違いがあった、テストの成績が振るわなかった・・・学生なら当然そんなこともあるだろう。そんなちょっとしたモヤモヤは、昔からの地元友達に会って立ち話するうちにスッと消えてなくなるらしい。

自分は自分のままで大丈夫。自分には昔から知っている友達がいる。と思える安心感。

ゆるくつながり、のんびりと温かい安心がある。

鎌倉はそんな場所なのかもしれない。

鎌倉に根づいたその先に

商店街でパートを始める

引っ越して間もなく鎌倉でパートを探していたとき、飲食店で働こうとうっすらと決めていた。後にカフェを開業することになるなんて当時はまったく想定していなかったけれど、心のどこかで「自分の店を持ちたい」という潜在意識はあったのかもしれない。

ちなみに、引っ越し先候補に最後まで残っていたのは鎌倉または一駅下りの逗子で、旦那は当初、どちらかというと逗子推しだった。なぜなら横須賀線の始発があるので、都心に通勤するサラリーマンにとって「座って通勤できる」というメリットがあるから。

それでも私が鎌倉を推したのは「いろんなお店がある」ことと「外からの人の出入りがある」場所だと思ったからだ。

人の出入りとはつまり、観光客や移り住む人など第三者にとってある程度「開かれている」という意味だ。たとえ古くから住まう人の土地であったとしても、逆に見知らぬ人への「慣れ」もあるのではないかと予想した。

そんな観点から、結局は私が「鎌倉移住」を推した。なぜなら、地元滞在時間は主婦と子供の方が断然長い。だからこそ、最終的な決定権は私にあると思っていたから。

そしてそもそも、私は田舎の商店街の和菓子屋の娘として生まれ育った。だから商店街やお店屋さんがたくさんある環境は、慣れ親しんだものであり落ち着く風景。もちろん、そのときはまさか本当に自分で店を始めることになるとは思ってもいなかったけれど。

そして数ある飲食店の中で「なんとなくここで働きたい」と思ったカフェ併設のお菓子屋さんがあった。古くから商店街にあり、地元客に愛される店で、目立たないけれど店の奥には落ち着くカフェスペースがある。求人はしていなかったが、きっとそのうち出る、となんとなく確信して待っていた。そうしたら1か月もしないうちに店頭に「パート募集」の貼り紙が貼り出された。

待ってました！　とばかりに応募して、その店で働くことになった。

店長は20代の若い女性だったけれど、数名いたパートはほぼ同年代。女姉妹、女子高育ちの私は「女子だけの職場」というものに苦手意識はほとんどない。働きやすそうだな・・・と思った直感は大当たりで、みんな気持ちの良い愉快な人たちで、一緒に働くことが本当に楽しかった。

もちろん接客業なので急なオーダーに忙殺されたり、クレームに戸惑うこともあったけれど、パートはほぼ全員主婦なので「その場対応力」や「共感力」がとても高く幾度となく救われた。そう、主婦はマルチタスクだから。

また、店の定休日までわざわざ集まってランチに出かけたりドライブに行くほど仲が良かった。ママ友もいいけれど気詰まりを感じることもある。仕事を通じての友達はかけがえのない存在になっていった。

むくむくと芽生えた「自分がやりたいこと」

お菓子屋さんでのパートをしながら、鎌倉での暮らしにも馴染んでいった。それほど大げさではないものの、地元で働くということは自分の気持ちも「根を下ろす」意味では大切なことだと思った。

そして親子ともども生活が落ち着くと、私は急に「自分がやりたいこと」「この先何をしようか」ということを考えるようになっていた。和気あいあいとお菓子屋さんで働くうちに、自分でもできるんじゃないか？　やりたいんじゃないか？　と思うようになってきた。

というのもパートで働きながら、なるほど！　と学ぶことがたくさんある一方で、私ならこうするという自分なりの経営者目線のようなものも芽生えてきたのだ。

提案をして店を変えていくお手伝い・・・ということに面白さを感じる一方で、心のどこかで「でも私は経営者じゃないから」という諦めもあった。何を言っても、何をしても「所詮他人の店」という現実は変わらない。

そして引っ越しや何やらでしばらく忘れていたけれど、私がもともと持っていたある「強い思い」が、湧きあがってきた。

昔働いていたお菓子屋さんでの学び

その「強い思い」には下地がある。鎌倉に引っ越す前、例のデータ入力の仕事と前後して都内のお菓子屋さんのオープニングスタッフとしてお手伝いに通った時期がある。

これも不思議なご縁で、とあるカルチャーセンターの講座で出会ったマダムと親しくさせてもらうようになった。3か月くらいの短期講座だったにもかかわらず、私が和菓子屋の娘であることや商売が好きという話を頭の片隅で覚えて下さっていた。

講座も終了し、しばらく疎遠になっていたとき、マダムから電話がかかってきた。ご親族がお菓子屋さんを開業するにあたり、身内一同商売の経験がないのでアルバイトで手伝ってもらえないか・・・と。

もちろん、そうは言っても私は自分で商売をしたこともないし、子供がいるのでご迷惑をかけることが気がかりだった。何度か話しあいをさせてもらった結果ご理解をいただき、しばらくお手伝いすることになった。

初めて厨房にご挨拶に行った時の感動は忘れない。

一歩足を踏み入れたとき

「あ、帰ってきた。」

その瞬間はっきりとそう思った。

この風景とこのニオイが懐かしい、と。

シェフコートを着た店長やスタッフの姿は、実家の和菓子屋で働いていた父や母、祖父の姿を思い出させた。全員もう天国に集合している。

業務用オーブンから漏れる焼き菓子のニオイや、大きなボウルで卵を混ぜる金属音。見える景色も、独特のニオイも音も・・・とにかく全部が全部懐かしい！　懐かしすぎる！

あわや泣きそうになってしまった。18歳で上京してから、実に20年ぶりの体験だった。

だったら自分でやってみよう

社長や店長など経営陣は、とてもまっすぐで上品な人たちだった。美味しいものを作る、それを人に届けたい・・・そんな純粋な気持ちがあふれていた。

その一方で私からしたら「商売っ気がないなぁ」とやきもきすることもあった。いろんな思いを持ちながら、開店間もない店のお手伝いをする中で、その都度思いついた提案をしてみた。

受け入れらることもあれば、当然そうでないこともあった。現場で働く身としては、改良したほうが良いと思うことも経営サイドから見れば必ずしもそうでないこともある。この様々な提案や思いつきが未消化でたまるうちに気づいたことがあった。

そうだよね。だってここは私の店じゃないもん。

アイデアや意見があるなら自分で商売やればいいじゃん。

と、ある日突然自分自身に喝！　を入れた瞬間があった。

「人の店に文句を言いながら働いている」自分が、ものすごくダサく思えてきた。「だったら自分でやってごらん」自分自身に喝を入れる勢いで心の中で叫んだ。

その思いを数年たって思い出した。そしてあのときの自分の声に背中を押されて、私は「店をやってみたい」というふんわりした思いを「じゃあ、本当にやってみよう」という決意に変えて、鎌倉で動き始めることになる。

このときの高揚感は今も忘れない。明らかに「使われる側」から「自分で作り出す側」に私の気持ちが変化した瞬間だった。

自分でやる。自分の知恵と経験を活かして挑戦する。そう思うと、実際は何ひとつ現実では手にしていないながらも胸が高ぶった。

第三章
いざ開業

鎌倉でカフェを開業します

なぜ「カフェ」なのか

カフェを始める人の動機のほとんどは「自分が提供するものを美味しく食べてほしい」とか「くつろぎの空間を作りたい」だと思う。美味しいコーヒーを飲んでほしい、自慢のケーキを味わってほしい、リラックスして過ごしてほしい・・・そんな思いが根底にあるはずだ。そして実際に店を開くには商品やサービス、場所探しなどから入るのが一般的だと思う。けれど私の出発地点はまったく逆だった。

「商売というものをやってみたい。」

「飲食店ならできるかもしれない。」

「じゃ、何を出す飲食店にするか。」

つまり出口から入ったようなものだ。

ではなぜ「商売」をしてみたかったのだろうか?

それはきっと家業が和菓子屋という環境で育つ中で、「自分で商売をやってみたい」という気持ちを常にどこかに持っていたからだと、後になって気づいた。

小さいうちから店の手伝いをしてきた。最初はお菓子の箱を組み立てたり、店の掃除をしたりという「作業」中心。ちゃんとできたらお小遣いがもらえてうれしい。そんな単純なものだった。しかし成長するにつれて「もっと売れる方法があるんじゃないか？」とか「こんなお菓子を作ったら売れるんじゃないか？」など、自分なりのアイデアが浮かぶようになった。絶対に売れる気がする、お客様が増える気がする、そんな思いから幾度となくそのアイデアを両親に言ってみた。しかし所詮「子供のいうこと」に変わりはなく、取りあってもくれなかった。

私が「自分で商売をやってみたい」と強く思う根底には、きっとこのときの未消化な思いと取りあってもらえなかった悔しさがあるからだと思う。

このときまで自分ではハッキリ気づいてなかったが、私は「商売」というものに挑戦したいとずっと思っていたのだった。

では、数ある「商売」の中で経験もなく、料理好きでもないのになぜ「カフェ」を始めようと思ったのか？　それは、実家の手伝いの経験からなんとなく「食べ物やさんとはそういうもの」というベースがあったことがとても大きい。

つまり、例えば良くあるのは「自分の作ったものにお金をいただくなんて・・・」とプロ並みにケーキを作るのに躊躇している人がいる。けれど私は見て知っている。作ったものに値段を付けて売るという現実を毎日体験してきた。たしかに最初はちょっとドキドキするだろうけれど、私は普通にできる。

さらに、もし商売をやるなら「人が作ったもの」よりも「自分が作るもの」を売りたいと思っていた。なぜなら自分が作るものは自分にしか生み出せない。つまり自分のセンスや技量を試してみたいと思ったからだ。・・・とはいっても、特に何が作れるわけでもなかったので、大した度胸だと今になって恥ずかしく思う。

「飲食業」と決めた。けれど、そうは言ってもいきなり本格フレンチとかラーメン屋さんは無理だ。修行とか長年の経験・・・みたいなものに耐えられる自分ではない。ご多聞にもれず、素人として間口が広い（と思っている）カフェ開業を目標にした。

経験、物件、コネなしからのスタート

「カフェをやってみよう」と決意はしたが、飲食業の経験ナシ・物件ナシ・地元のコネナ

シからのスタートだった。

まず「経験がない」のは仕方ない。これは自分でも勉強するし、習いに行くという方法もある。

次に「物件なし」は不動産屋さんを回ろう。これは行動あるのみ。

最後に意外に重要な「地元のコネなし」について、鎌倉ならではのポイントだと思うので説明をしておく。

開業する場所を探している場合には、例えば誰かに相談したり、不動産屋さんを回ったりする。そのときにまず「あなたは誰？」という点がとても意味を持つのだ。つまり、鎌倉で何かを始めるときに、その人がまったくの新参者なのか、誰かの知りあいなのかをとても気にする。また、「東京資本の店」とか「経営者は鎌倉には通いで来ている人」など、店や人が鎌倉を本拠地としているのか？という関心が非常に高い。実際に私が開業したときも、ここに住んでいるということが地元のお客様には大きな納得材料となったらしい。反対に、鎌倉在住ではない人に対しては「あ、外の人ね」とか「東京の系列のお店」という意識が強い。これは実際に私が体験してつかんだことだ。

知らない人より知っている人、違う土地から通いの人より地元鎌倉の人。物件探し、集客などあらゆる場面でとても大事なんだと痛感した。

実際に不動産屋さんを回っていても、初対面の私たちに実は共通の知人がいたり、子供が同じ小学校に通っているなどの共通点が信頼のベースにもなるということを肌で感じた。東京とはまた違う不思議な感覚だった。

しかし、いくら親近感や共感を増すことがあっても必ずしも物件を優先的に紹介してくれるとは限らない。

そもそも貸主さんは「飲食業」に貸し出すことにとても消極的だ。匂いや騒音問題、そして物件そのものの劣化が早い・・・などの理由だ。そのため、スケルトン（内装工事の必要がなく、ガラガラの状態）で貸し出せる物販用の物件がほとんどだ。

そんな風に、そもそも少ない「飲食可」の物件で奇跡的に空き物件が出ても、その情報は不動産屋さんに出るよりずっと前に「そういえば、○○さんが物件探してたよね」という繋がりで水面下で決まっていくことがほとんどだ。この繋がりばかりは一朝一夕にはどうにもならないので、とにかく子供の行事やパート先、ご近所さん・・・あらゆる地元のご縁を深め、一歩ずつ鎌倉に根づいていくしかなかった。

最大の難関はこの「地元のコネ」とそれに付随する「物件探し」。どうにかなると思ったが、これに対する考えが甘すぎた。

まずは目玉商品を

たとえ物件が見つからなくても、地元の友達が少なくても、商品開発なら自分一人で探求できる。まず「どんな食べ物を出すのか」ということを試行錯誤した。

「これなら目玉商品になる」という一品を作り出すことを目指した。そのとき、前述の都内のお菓子屋さんで働いていたときにパティシエの女の子がふとつぶやいていたことを思い出した。

「プリンなら失敗することってないんですよね。」

なーーーるほど！　プリンね！　よしやってみよう。スキルは無くても行動力ならある。

ネットや本で調べて作り方を学び、いろんな美味しいプリンを食べ歩き実際に何種類も作ってみた。

味ばかりではなく、材料は無理なく調達できるか、商品として成立する見た目かどうか、など研究した。

ほとんど毎日プリンを作り続け、友達に会うときや持ち寄りパーティーには必ず持参して味見をしてもらいながら、「このプリンを売るカフェを鎌倉で開きたい」と言い続けた。そしてもらったアドバイスを参考に、ようやく納得できるプリンが作れるようになった。

一方で商品ともなれば、同時にたくさんの数を作れるということもクリアしておかなければならない。ちょうどそのとき、近所の商店街のお祭りの出店申し込みのチラシを目にした。そのころ住んでいたアパートは隣町だったのでダメ元で商店街の会長さんのお店に出向き、出店をお願いしてみた。

「それならば一度、役員の会合で説明してみますか?」というありがたいお返事をいただき、後日プリンを持って参加した。

そこには7、8名の商店街の店主の方々がいた。数か月前に鎌倉に引っ越してきた私は、ゆくゆくはここでこのプリンを目玉商品にしたカフェを開きたいと思っていることをお伝えして実際に食べてもらった。

会員の方は皆さん親身に話を聞いて下さり、イベント会場での販売を許可して下さった。そしてこの経験を通じて、1日100個単位でも作れるという実績ができ、商品としてもイケるという手ごたえを感じた。

一方で、料理の方をどうにかしないといけなかった。料理は苦手ではないけれど、大好きというわけでもなかった。「やればできる」というレベル。何らかの形で習わないといけない、と思っていた矢先、個人の先生と出会った。

この出会いもご縁としか言いようがなくて、料理とは全然関係ない「勉強会」に参加して、たまたま隣に座った人が料理の先生だったという偶然。「私、教えられるわよ」というお誘いに、さっそく先生のお宅に出向いた。

このとき教えていただいた料理は「名もなき家庭料理」だったのだけれど、どれも驚くほど簡単にできて本当に美味しくて感動した。そして、これなら私でもちゃんと再現できるという可能性を感じた。もっとたくさん習いたいと、レッスンに通うことをお願いした。通うたびに次々簡単で美味しいレシピが増えていき、それは単純にワクワクと楽しかった。

ちなみに、この「得意じゃないけれどできた」という私の料理習得の経験は、今の商売の芯になっている。世の中の主婦はみんながみんな「料理が得意」なわけじゃない。私のような「好き」でも「得意」でもない人たちは想像より多い。そこで、私が身につけたことやその手順などを「料理教室」で伝えたところ大好評となった。このように、私が料理を習得するまでの実体験が、のちの「お気軽料理サロン」の礎となっている。「私だってできる」は「みんなだってできる」と言えるのだから。

料理が得意でもないのに、料理を商売にするために腕を磨く過程は、貴重な経験となり私だからこそ提供できるメソッドだ。好きだから仕事にすることも素敵だけど、好きじゃなくても好きになっていく過程というのも、価値ある視点だということを痛感している。

また「調理」以外のスキルについては、地元のお菓子屋さんでパートをしながら経験を積んでいった。

開店準備や予約の取り方、カフェでの接客やお茶のサーブ方法など。現場での経験はとても貴重で、実際に開店した時に役立つことがたくさんあった。これらが、経験ナシから始めた私が取り組んでいったことだ。

開店に向けて他にやったこと

目玉商品や料理のスキルを身につけること以外にも、やることや考えることは山ほどあった。経験を通じて今だから言える「有効だったこと」「そうでなかったこと」がある。

まず、有効だったことは、カフェや飲食店に出向いたとき、とにかくあらゆることを観察すること。メニュー構成はもちろん、それ以外にもテーブルの配置や椅子の高さ、照明の位置や壁紙の素材、さらにスタッフの導線や入口の間口の広さまで。すべて「視察」というスイッチを入れてメモをとった。

飲食店ばかりではなく、子供が発熱して連れて行った病院でも、掃除が簡単そうなソファや床の素材を参考にしたこともある。その気になれば何でも自分の勉強になるという体験。一人で息詰まったときには「ネタ探し」と腹をくくり、ひたすら気になるお店を食べ歩いていた。

また外に出かけなくても、たとえば雑誌を眺めているときも無駄ではない。気になる内装や雰囲気の写真はスクラップにした。これこそ後日、工事や備品購入の段階で「自分の好き」に照らしあわせるツールとなった。また工事業者さんなどの第三者に私の理想の雰囲気を伝えるための重要な資料にもなった。壁紙の色、ドアの取っ手の形状、カウンターの幅など・・・工事の現場ですぐに決断を迫られることは驚くほど多い。そのときにこのスクラップを開き、自分の目指すイメージを確認した。

一方で、不動産会社を回るときには「事業計画書」を持参した。なんとなく物件を借りるのではなく、きちんと収益を上げて家賃を払えるという説得材料に使った。

考えていることを数字に落とし込むのも重要で、とにかく夢物語ではなく、商売としてやっていけるのか具体的に考えることも怠らなかった。

反対に有効ではなかったことは、コンセプトやメニューが決まる前に食器やカトラリーなどを買い始めたこと。

かわいい・好き、というだけで焦って買うと無駄が出ることもある。まずは商品やコンセプトを固めてから物品をそろえる。特に食器などは3パターンくらい使いまわせるものをそろえるという観点は、数々の失敗を通じて得た教訓だ。

もちろんカフェ開業のための本を読んだり、料理本を読み漁ったりもした。またワゴン車で移動カフェを経営している社長さんに実際に会って話を聞いたりもした。

この間も物件は見つからない。それでも他に進められる仕事はある。そう自分に言い聞かせていた。

物件探しに明け暮れる

物件探しは難航していた。コネがないから・・・だけとも言えず、そもそも「主婦」が

「店を始める」といういかにも「家賃が払えなそうな」危うさも、物件を紹介する側にとってはネックだったのだろう。

当然自分もそれを想定し、事業計画書を手に旦那と一緒に近隣の不動屋さんへ片っ端から出向いた。なぜ旦那と一緒か？　というと、当時私は「主婦」。いくら事業計画書を完ぺきに仕上げていても「本当に家賃払えるの？」という担保はない。そんな時にようやく力を発揮するのが、当時サラリーマンだった旦那。

イザとなればこの人の収入がありますから、家賃を滞納することはありません。

これは「甘えている話」とも思うが、「主婦が開業」する際には、自分で潤沢な貯えや莫大な遺産でもなければ、第三者から融資を受ける以外に開業は難しい。もちろん公的融資も探して、実際に書面などの準備もした。ところがこれが結果として使えなかった。実際に物件が見つかったあとで、このお金の問題は改めてふれていく。

結局1年探しました

結局、1年近くあらゆる不動産屋さんを繰り返し訪問したが、実際物件を紹介してくれたのはたった1件だけだった。それも窓口の女性が「同じ女性としてどうしても応援したいから、真っ先に連絡しました」と空き物件が出るや否や連絡をくれた一件のみ。残念ながらタイミングがあわず、これは契約に至らなかったが、この気遣いがうれしくて涙が出た。そして他の10数件の不動産屋さんからはまったく紹介はなかった。

今となればクラウドファンディングとか、シェアカフェなど資金面も含め「リスクなく」初めの一歩を踏み出せるチャンスや仕組みがたくさんある。けれど10数年前はそんなものは知る由もなく、ひたすら力業でどうにかするもんだと思っていた。

そして実は、鎌倉は良くも悪くもとても狭い社会。「店を出したい」という人は山ほどいる。そして「閉店」などで空き物件が出る前に「知りあいに話がいく」というのが黄金ルートであることは前にもふれた。

そういうことなのだ。鎌倉という土地は「ここで商売をしたい」「自分で店を開きたい」という人が無数にいる。もともと鎌倉に住まう人以外にも、開業目的で引っ越してくる人だってたくさんいる。または、都内に本拠地を置く潤沢な資金を持った会社だって進出してくる。

そんな大勢のライバルがいる中で、特に知りあいもいない経験ゼロの主婦の物件探しなど、大リーグ選手の球を素手でキャッチするくらい無謀なことだったのだ。

物件との出会いは突然に

それでも挫けることなく、商店街のお菓子屋さんのパートをしながら開業に向けて取り組んでいた。このときは人に言い続けることで、なんとか自分のモチベーションを保っていた記憶がある。いついかなるときも「自分でカフェを開きたい」と口にしまくった。自分がぶれないために、勇気を持ち続けるために。

そんな中、実は近場に運命の人がいた。

全然物件が見つからず1年がたとうとしているとき、たまたま出向いた昔の会社の飲み会があった。

私は人の集まりにはなるべく自分で作った目玉商品（予定）のプリンを持参することにしていたので、このときも「これを食べてもらう店を出したい」と盛大に言いまくった。するとたまたま同席した昔の会社の先輩が「だったらウチの一角を使えば」ということになった。聞けば最近物件を購入し、一部を貸し出すつもりだという。

ただ、後に大家さんとなるこの先輩ご夫婦も、「普通に住まう賃貸物件」として貸し出すつもりだったのであり、まさかその一部を飲食店として使うなどとは想定していなかったはずだ。それなりに築年数が経過したツーバイフォーの住宅は、当然そのままで飲食業として使える内装ではなかった。かなり手を加えなければ「店」として使えない。

大家さんとは何度も話しあいを重ね、結局一定範囲であれば改築してもいいという許可をいただいた。

ただ、冷静に考えれば自分の所有物件でありながら、借主が内装をいじるとなると、大家さんにもそれ相当の覚悟があったと思う。その点で、実は大家さんの奥さんが大きな理解をしてくれた。

大家さんの奥さんのご実家は飲食店だった。だからこそ共感ポイントがあったのかもしれない。「私には店をやりたいっていう気持ちがわかる」と私の夢を盛大に後押ししてくれた。

改築にかかる費用は当然私たちが払う。そして、いったん改築して営業を開始した後、「やっぱりやめます」というときは必ず原状復帰するということを取り決めた。今考えるととても原状回復できるレベルの改築ではないほど大きく手を入れてしまったけれど。

賃貸契約の一般住宅を住居兼飲食店に改築するのは難題でもあったが、それでも言い続けることで引き寄せられる運命がある、ということを痛感した。

どんな突拍子のない相談にも耳を貸して下さり、すべてに理解を示してくれた大家さんには本当に感謝しかない。

融資を受けるために

物件取得にはそれなりにお金がかかる。飲食店ならなおさら、とても高い保証金が必要だ。資金をなんとかするために、新規開業者対象の公的融資にエントリーすべく、説明会に通い資料を作っていた。

しかし、結局は使えなかった。

なぜなら融資を通すには2、3か月は優にかかる。一方で工事を始めるには総額の一部を「手付金」として前払いしないと着工できないという「業界ルール」があるのを私は知らなかったのだ。

何しろ急に物件が決まって、急いで引っ越しをする必要に迫られていたのだ。それまで住んでいた家と新しく工事をして住まう家、数か月にわたりその両方に家賃を支払う余裕はなかった。それよりも、一刻も早く店舗を開業して収入を得なければならない。ただただ家賃ばかりが固定で出ていくという事態は避けたかった。

融資機関にも工事業者さんにも何度となく確認、交渉したものの、どちらにもルールがある。

結局、融資は断念し、前述のとおり旦那に家庭内借金をして着工費用を支払った。旦那に借りを作ってしまったことでもう後には引けないという覚悟をした。けれども、その覚悟が想像していたものよりあまりに莫大すぎて、この時期の記憶はほとんど飛んでしまっている。

とにかくお金が出ていくばかり

開店したら必ず黒字にして自立しなければならない、と強く強く覚悟を固めていた。私の持ち金などたかが知れていて、会社員時代の貯蓄といってもすでに退職してから年月もたち残りわずか、パート収入は子供関係の出費に消えていった。

したがってほとんどを旦那に借金をした。ろくに稼いでもいない自分にプライドなどそれほどなかったが、さすがにちょっと堪えた。けれどもプライドを使い果たして空っぽになったら、必ず商売を成功させるという執念が沸いてきた。誰にどんなに頭を下げても、マイナスからのスタートでも、数年で借金を返済し黒字にするという決意と闘志で全身に力がみなぎった。

実際には、工事費用ばかりか、業務用冷蔵庫や製氷機、ショーケースにコーヒーマシーンまで・・・次々と大金が出て行った。その出費は、とても冷静に受け止められる金額ではなくなっていた。

それでも、事業計画を最初にキチンと考えたことはとても良かった。借金は膨らんでも、どうやったら返せるかを考えられる手掛かりになり、少し我に返ることができた。

そして実際開業してからも日々店を切り盛りするうえで「損益分岐点」を意識することはとても役にたった。

私が意識を置いていた損益分岐点とは、かかった経費に対して一日平均いくら売り上げれば損失が出ないかという金額。これを意識したおかげで「あとこれくらいは売り上げなくちゃ」「今日はダメだから週末で巻き返そう」などという目安になるとともに、メニューの価格改定や客単価を上げる方法など、何事も戦略を練り直して実行することができた。

「顔が見える店」こそ大事

大家さんは単純にスペースを貸してくれただけでなく、内装工事を始める前にご近所に挨拶に行くときも同行して下さった。このおかげで近隣の皆さんにはとても好意的に受け入れてもらえた。もともと大家さんが築いた人間関係がベースにあったから、迷惑をかけるであろう工事にも理解をいただいたと思うし、早いうちに顔あわせができたことは私自身の安心にもつながった。

前にも触れたが、鎌倉の独特さのひとつに「いったい誰がやっているのか」をとても気にかける。鎌倉といっても、人間関係は結構狭いからなのかもしれない。

別の言い方をすると、顔が見える店主の店が安心感をもってもらえるようだ。その点では挨拶に同行してご近所にも顔をつないでくれた大家さんの力は大きい。

鎌倉の独特な商売事情

鎌倉に来る人は大きく分けて2種類。地元のお客様か、観光客。

それなりの期間商売をしてきて思うのは、そのどちらにも受け入れられないと商売の継続は難しいということ。

小町通りなどあふれんばかりの観光客がいる。それを目にすると大抵の人は「これだけの観光客が季節を問わずいるなら、きっと商売が成り立つはず」と思うらしい。

たしかに東京から日帰りできる、ちょっとした旅行気分を味わえる、海も山も寺も神社もある鎌倉は年代問わず訪れる観光客は多い。しかもテレビや雑誌で定期的に取りあげられるので、一年を通じて人が多い。

けれど観光客も多ければ、それを見越した飲食店や物販店も多い。しかも次々新しい店ができる。インスタ映えにツイッター、ネットの口コミ…次々更新される「新しいもの」「流行りのもの」。その競争に勝ち残らないと観光客は足を運んではくれない。ジェラートにチョコレート、食パンにタピオカ・・・食関係でも次々「映える」店がオープンする。

観光客はいち早く情報を入手し、新しいお店・マスコミに取りあげられたお店など、こちらが驚くほどのスピードと熱量で大行列ができあがっている。ということは逆に「消えていく店」のスピードも速い。ほんの2、3か月で撤退する店も少なくない。確かに100人来る日もあればゼロの日だってある特殊な環境で商売は難しい。家賃や人件費など固定費が大きくのしかかり、早めに見切りをつける店もたくさんある。

一方、地元鎌倉の人はある意味「新しい店にうとい」。新しいお店も、流行りのお店も知らない。そして、同じように自営業をやっている人が口をそろえるのは「鎌倉の人は鎌倉でお金をおとさない」ということ。もちろんまったくというわけではなく「思ったより」という範疇だけど。

鎌倉には時間もお金も余裕がある人が多い・・・というイメージがあるのでそれを狙ったグレードの店もちらほら見かける。たしかに、実際お金に余裕がある人が多いと思うけれど、だからといってその人たちが「お金を使う」ということではないらしい。

とにかく派手な浪費をしないし、過剰な出費もしない。

けれども、いったんファンになれば長く付きあってくれる。例え、雨が降ったり寒かったり、一般的に観光客が遠のくような日でも利用してくれるありがたい存在。つまり、鎌倉で店を開くとなると地元のお客様と観光客、そのどちらにも受け入れられ選んでもらえることが継続のポイントだ。地元のお客様にはファンになってもらい、観光客には「入ってみたいお店」として選ばれること。それを常に模索しながら努力を続けてきた。

この後、改めて鎌倉でカフェと料理サロンを開業し、これまで継続してきたこと、決して開業マニュアルの部類には載っていない私自身が経験してきたことをお伝えしていく。当然数々の失敗談も含めて。

コラム「母の宅急便」

一人暮らしを始めたり、結婚して初めて実家を出た人でも、「母から送られてくる宅急便」はみんな似たようなものだと思っている。

それは、特に何を送ってくれとお願いした場合じゃなくても、隙間という隙間を許さぬシンデレラフィットの大元を見ることができる。少しの隙間もないぎゅうぎゅう詰めの箱の中身。きっと誰もが同じような光景を思い浮かべるはずだ。

私は短大入学のために18歳で上京し、卒業してそのまま東京で就職した。会社で働き出してからは、寝る暇もないほどの激務だった。そして、当然実家にろくろく電話もしないまま、忙しさを口実に毎日を過ごしていた。

しかも、今のようにメールもない時代。電話一本でも・・・と言われても、それに割く心の余裕がなかった。

さらに深い理由としては、親と話すことで自分が「昔の自分」「娘としての自分」

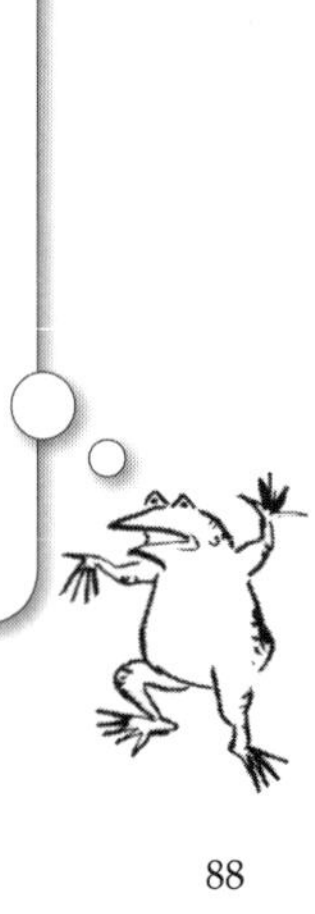

に引き戻されてしまうような気持がして、私はそれを意図的に避けていた。

それなりに気を張って都会で頑張っていた私は、「人に負けないように」「全力でがんばらなければ」と意地になっていたのかもしれない。

だから実家に電話して逆に親に励まされたりしたら、いきなり何かがボロボロとくずれるに違いないと思っていた。「弱音ははけない」「心配させちゃいけない」という気持ちと「私はもうあのころの自分とは違う」という意地から電話一本すらかけられなかった。

そして自分が母になった今、若かった自分の気持ちよりも、子を案じる親の気持ちがわかるようになった。

ちなみにうちの母は、商家に嫁いだ嫁としての務めと、義理の両親を介護して見送るという職務を果たした後、いきなり覚醒してしまった。

それはちょうど私が会社勤めを始めたころなので、彼女の中では、子供が巣立ったことと自分が自由になったことが一気に押し寄せた大転換期だったのだろう。50歳直前に一念発起して運転免許を取った母は、それ以降、近所の奥さんを誘って遠くまでランチや買い出しに行ったり、時折ディズニーランドにまで遠征していたらしい。

第二の人生？　と半ばあきれて話を聞いていたが、母が一人の人間として今を自由に謳歌する姿は、遠く離れて暮らす娘にとってはこのうえない安心材料でもあり、心からうれしかった。

　そんな母からたまに宅急便が届いた。頼んでもいないのに・・・だ。世の母がそうであるように、「どこでも買えるのに」という食品や、タオルや洗剤などの雑貨がただただ隙間なく詰め込まれた宅急便。「わざわざ送らなくていいのに」と思ったが、それでも箱を開けると母のおせっかいな愛情がうれしくて、バカみたいで、しまいには隅っこに詰め込まれたまんじゅうをほおばりながら号泣した。

　私が結婚して数か月たったころ、当時入院していた母から宅急便が届いた。父は絶対に言わなかったけれど、私は母が余命わずかだと知っていた。一時退院して珍しく体調も良かったのだろう、いつもと同じように「頼んでもいない」食品やら雑貨やらがぎゅうぎゅうに詰め込まれた段ボールが届いた。その中にタッパーに詰められた「煮豆」を発見した。

　ちなみに私は煮豆やカボチャの煮つけなど、母が作る甘いお惣菜が大好きだった。だから予期せぬ「懐かしの煮豆」を発見してその場でタッパーを開け、手でつまんで食べてみた。

一口食べてみてハッとした。その煮豆はほとんど味がしなかったのだ。そのとき初めて「ああ、母はもう長くはないな」と悟った。作って届けたい気持ちがあるものの、もう味を感じたり調味するという、味覚と気力は無くなっていたに違いない。

母はそれから2か月ほどして天国へ旅立った。残念ながら死に目には会えなかったけれど、最後にあの煮豆を食べられて良かったと思っている。

長々と「おかんの宅急便」の話をしたが、この経験を通じて私が確信したのは「味を伝えることの尊さ」だ。

今、宅急便の煮豆を食べてから30年あまりたち、自分でも食べ物を作って人様に提供したり、レシピを伝えたりする仕事をしている。味を伝えるのは心身ともに元気でなければできないということを知っている。そして味の記憶を引き継ぐということの大切さも身に染みて感じている。つくづく、尊い仕事をしていると感謝できるのは、あの煮豆のおかげだと思っている。

自宅の改築工事着工

〈迷い〉退路を断って物件を契約

忘れもしない2006年の年末、バタバタと物件を借りることが決まった。クリスマスイブに「貸そうか?」「え! じゃあ内見に行っていいですか?」という大家さんとの会話から、トントン拍子に話が進んだ。しかしこのときは、じっくり考えるというよりもその瞬間瞬間で大きな決断を迫られた数日間だった。

そしてついに「自分の店」を開業することになるのだが、別の意味でここからが正念場だった。

いざ物件を契約する前の数日間は、実に大きく心が揺れた。本当にやっていけるか?と弱腰にもなった。不思議なことに、いざ夢がかないそうになると腰が引けるということを体験した。

夢の実現には急に大きな責任を背負うことになる。引っ越しにはそれなりの資金が必要だし、もちろん開業にあたっての資金も必要だ。今までみたいに「いつかは開業」と言っていたにもかかわらず、それが現実問題になるとこれほど弱気になるのかと自分でも驚いた。

あらかじめ、我が家はクリスマスに箱根旅行を予定していた。まさか急に物件が見つかるとも思っていなかったので、内見をしたその足でホテルに向かった。物件の契約は大家さんが予定していた引っ越しの都合もあり、年内に決断を迫られていた。

ホテルの夕ご飯の席でプチ夫婦会議になった。そこで私が出した結論は「とりあえず、最小限の改築をしてテイクアウトのプリンだけ販売してみる」というリスク回避のビビりまくったこじんまりプラン。それなら家庭用キッチンに少し手入れをして、販売窓口に見えそうな窓や玄関だけをリフォームすればできる。しかも、その工事にかかる費用を補填するために、お菓子屋さんのパートも続けるつもりだった。

それまで、絶対にやってみたい、場所さえあればすぐにでも・・・と思っていたはずなのに、このザマだ。

やったことのないことへの恐怖と、かなりの金額をかけて大丈夫なのだろうか？　という不安が急に押し寄せ、恐怖で押しつぶされそうだった。

そのとき旦那が口を開いた。

「退路を断ちなよ。」

普段こんな風に上から目線で物事を言われたらカチンとくるが、それでも資金繰りで力を借りなければならない旦那からまさかの後押しだった。

そして私は腹を決めた。パートもやめて、全力でカフェ開業を進めると震えながら言ったのを覚えている。

そして翌日大家さんに契約したい旨を電話で伝えた。

〈必要な手続き〉内装工事の前に

築年数がかなり経っている居住用物件のリビングや水回りを大幅に改修してのカフェ開業。まずは保健所や消防署などに必要な設備やしつらえを確認する。自分の理想とする間取り以前に、シンクの数や客席とキッチンを仕切る扉の形状、防火対策など、気をつけなければならない点は細かくあった。

けれど、すべてをクリアして図面に落とし込み、申請を出し、実際に立ち会って確認をしてもらわなければ、その後許可が下りない。営業許可がなければ営業はできない。そして、あいまいなまま工事を進め、立ちあいの時点で「これじゃダメ」と言われたら時間もお金も、もちろん気持ちも振り出しに戻ってしまう。

何度か直接保健所に出向いて確認をし、消防にも電話をして質問した。そのとき思ったのは、さすが観光地鎌倉、ある意味「開業申請」には慣れているらしく、とても丁寧に相談に乗ってくれた。そしてルールにのっとって図面を引き、申請を出した。

様々な「お店」が乱立する鎌倉において、定かではないがこの点をグレーにしたまま開業する場合もあるのかもしれない。私はテキトーな人間だが、こと「商売」に限っては「まっとうである」ことが何より大切だと思っている。

もし自分がビクビクしながら仕事をしていたら、人も縁も寄ってこない。胸をはって正々堂々と商売をすることが、結果として人のご縁を運んでくると思っている。

〈出会い〉内装工事業者さん

大家さんの知りあいの工事業者さんにお願いすることになった。というか、そこに選択肢はなかった。自分で探すと思い込んでいたので、知りあって間もない工事業者さんに当時は不安を感じることもあったが、後で考えるとこれが大きな助けとなった。

原状復帰できるレベルでという約束事を忘れさせるほどの大改築だったが、図面は必要に応じて大家さんにも共有した。どんな工事をしてどのような改築になるか、だいたいのところはその都度確認してもらった。

それでも実際の場面では細かな変更やトラブルもある。壁紙の張替えや窓枠の変更などは比較的自由にできたとしても、耐震ではない壁を抜いてとか、業務用エアコンのために壁に穴をあけて・・・などという大掛かりなものは大家さんに確認しないで手を入れるのはさすがにマズい。その度に「自分が直接説明するよ」と工事業者さんが間に立って話してくれた。

建築に関する専門知識がないとちゃんと伝えられないこともある。私が聞いて大家さんに伝えるよりも、工事業者さんから直接説明してもらった方が間違いはない。また、その根底には大家さんと工事業者さんとの昔からの信頼関係があったからこそだった。

〈立ちはだかる壁〉腰を抜かした見積もり金額

工事については業者さんに自分のやりたいこと、具体的な間取りの希望を伝えた。一通り話した後で工事業者さんが言った言葉を今でも覚えている。

「意図は理解しました。」

業者さんの選択に何の余地もなく、はじめまして・・・から始まってまだ日が浅かった。コミュニケーションをとることに少なからず大丈夫だろうかという不安もあったが、その一言を聞いて私は任せて大丈夫だと確信した。

具体的な間取りに関する要望以前に、私が叶えたいこと、実現したいことを理解してくれたからだ。その「私の思い」、つまり「意図」をまず理解してくれたことが何より心強かった。

今後、工事において例えば、棚の位置、窓枠の材質など多少のズレや意見の相違もあるだろう。でも「私の意図」を理解してくれたという共通の認識がある。あとの細かいところはその都度ちゃんと相談して決めていけばいい。

後日、工事業者さんが設計士さんを連れてきた。物件の構造を調べてもらい、さらに具体的に話しあった結果、２パターンの図面を出してくれた。水回りの位置など、少し悩んだものの、基本的には提案通り間取りが決まった。ここはわりとすんなりいった。そしてその後ほどなくして見積もりが上がってきた。

前述したがこの金額を見て固まった。自分で「かなり多めに覚悟した金額」の3倍だったのだ。しばらくして我に返り、涙目になりながらも見積もりを細かく見て、ひたすら考えた。

翌日、業者さんに提案をしてみた。もちろん単純に「安くなりませんか」という、相手にとって失礼な値引き交渉はしたくなかったし、「利益を削って」という同じ商売人としてリスペクトを欠いたことを言うつもりも毛頭ない。お互い商売である限り、きちんと儲けを出すべきで、そこは尊重したいし気持ちよく仕事をしてほしいと思った。

したがって、必要な家具や家電・・・たとえばシステムキッチンや業務用の厨房機材など、数々の「現物」を私が直接買って納品する「施主支給」を提案してみた。

なぜなら、そういう「現物」の納品に関して、業者さんはあらかじめ取引している発注先がある。商品については間違いないが、その金額に関しては「お任せ」としか言いようがなかった。そして当然、業者さんを挟めばそれだけ中間マージンが発生する。

つまり、私が直接現物を買って、工事業者さんに現場で取り付け工事だけをやってもらうという提案。もちろん、取り付けに関わる実費と業者さんへの施工管理費はキチンと支払うということで。

するとエ事業者さんは言った。これほど大規模な工事において、施主支給は今まで請け負ったことがないということだった。しばらく検討していただき、結局承知してもらった。ただ、業者さんにとっては現物も自分で手配したほうが、取り付けに必要な人の手配や備品など、あらゆる場面でやりやすいに決まっている。私はそれを重々承知していたが、それでも、現物ひとつひとつを自分で選び、少しでも「安価」で手配したほうが工事費用の総額を大きく抑えることにつながった。

結果、予算総額は半額・・・とはならなかったけれど、総額で2、3割ほどは削減できた。もちろん工事業者さんの取り分はちゃんと計上してもらっている。

〈決意〉生まれた覚悟

話は前後するが、完全に工事が終わってからの慰労会で工事業者さんが今回の「施主支給」に関して口を開いた。「今までやったことがないからとても戸惑った」「ただ、対応させてもらったことで今後はこういう仕事もできるという自信になった」と。

現場現場でいろんなトラブルがあって、山ほど面倒くさかったであろうに、誇らしそうに話してくれる姿を見て、私は大泣きしてしまった。

大家さんと業者さん、そして騒音や車の出入りでうっとうしかったであろうご近所さん。その皆さんの理解のもとで私のわがままがカタチになったと、改めて気づかされた。ちなみに工事業者さんもつられて泣いていた。

自分がやりたかったことの実現は、周りの人の理解と善意の上に成り立っている。この感謝の気持ちと予想を超える投資金額の両方が、必ず商売を起動に乗せてやる！ というド根性のスイッチをいれることになった。

そして、繁盛する店にすると決意したもうひとつの大きな理由がある。

それは、もし自己都合でここを出て行くときは、物件の現状復帰はもちろん、「人が集まる人気の場所」として大家さんにお返ししようという決意。

というのも、様々な店が乱立する鎌倉において、不思議なことに何をやっても商売が長く続かない場所というものがある。もし私が自分の都合でここを明け渡すときは、「その場所なら借りたい」と引く手あまたになるような、運気の良い場所、繁盛していた店の跡地として「ハク」をつけて返すのがご恩返しだと思った。

それがわがままを押し通した私が目指すゴールだ。これだけたくさん受けたご恩は、必ず返さなければならない。

〈現場対応〉いよいよ工事開始

大工さんが一人派遣された。一見、ピアスをして浅黒いマッチョな風貌にびっくりした。ところが人懐っこく笑うこの大工さんは、実はなんでもテキパキ対応してくれる「スーパー大工さん」だった。

というのも一言で「大工さん」といっても、実は色々タイプがあるようで、うちの場合にはなんでも手際よくできるマルチタスクな大工さんを手配してくれたらしい。例えば、ブロック塀を1列だけ切って間口を広げてほしいとか、納品されたテーブルを組み立ててほしいとか・・・普通の大工さんだったらきっとお願いできないこともあったと思うが、本来は大工さんの仕事以外のことも気持ちよく対応して助けてくれた。

大工さん以外にも水道屋さん、電気屋さんなど次々来ては作業をしていく。その都度「奥さん、これ図面と違うけどどうします?」という確認事項が山盛りだった。

電気屋さんにおいては、高さ40センチほどの床の下にもぐり、泥だらけになりながら配線を全部整えてくれた。

電気に関しては、工事以前に確認して対処しなきゃならない問題があった。契約アンペアをいくつにするか?

そのために店と住居で使う電化製品すべての使用電力を調べ書き出し、計算した。そしてそれをもとに電気屋さんが配線を組んでくれた。

できることは基本自分でやる!が大前提。店と住居で使う様々な家電や機材はすべてネットで探して発注した。機能はもちろん、大きさや使い勝手をネットだけで判断するのは、かなり勇気がいることだ。けれどショールームまで足を運ぶ、業務用メーカーに実物を見に行く時間も手間もない。何しろ借りてしまった物件はいち早く店舗として稼働させて収益を出さなければならない。収入もなく大量の備品を買い込み、莫大な家賃ばかり出て行くのは恐怖でしかなかったから。

常にメジャーを手に隙間や間口を図り、できる限りの想像力と勘で仕上がりをイメージしたりスペースを計算した。結局、驚くほどの金額の家電や備品をクリックひとつで発注していった。

総額などこの時点では考えるのも怖く、完全にマヒしていた。大きなものから細かいものまで、緊急度合いに応じて次々決断して即発注した。

悩んだ結果、電化製品も備品も基本的にはすべて「新品」でそろえた。特に業務用機材のシンクや製氷機、ショーケースなどは「中古」でもそれなりに安く出回っていた。しかし、そこはじっくり考えて、故障のリスクや保証などを見越し多少の増額なら新品でそろえようと決めた。

〈ハプニング一例〉こんなこともありました

業務用エアコンの設置。これはどこかに展示してあった「新品だけど中古品」のようなもの。電気屋さんは現場に来て初めて目にしたこの業務用エアコンの取り付けに慣れていなかった。いくつか必要な備品が足りなくて電話であっちこっちに問合せ、やっと手配して取り付けてくれた。

また自宅兼店舗の工事は店だけにあらず。例えば細かいことで言うと、洗濯物は外に干せなくなる。いや、別に干してもいいのだろうけれど、生活臭は出したくない。だから外に干せない洗濯物のために自宅の水回りにガス工事をして、衣類ガス乾燥機を設置した。それも「モデルルームに取り付けていた」モノで、扉の開き方が逆でガス屋さんにお願いしてその場で改修してもらった。

取り付けの苦労やハプニングも多かったが、総じて新品に値するものを買ったことこそれらを施主支給したことは、今のところ正解だと思っている。

最後に、床の下に潜って大変な工事をした電気屋さんの一言を・・・「奥さん、これスケルトンで借りて工事したほうがよっぽど安いよ」。つまり、普通の空っぽの店舗を借りてイチから工事したほうが絶対に安く上がる、ということ。

・・・はい、そのとおりだと思います。

〈不安〉工事中の自分の気持ち

ただ、決意と併行して大きな不安も抱えていた。

なにしろお金が飛ぶように出て行く。そして工事の場面では、考えることや決めることが想像以上にあり、それをその場で判断対処しなければならないこともある。どんなに迷っても、選択を迫られたら答えを出すのは「その場の自分」しかいない。

たしかに物件が見つかるまでの期間「自分の理想」を具体的にスクラップしたり、写真におさめたりしていた。

それにはだいぶ助けられたし、やっておいて良かったと思う。ただ現実には、来る日も来る日もネットのクリックひとつで何十万もする機材や家電を次々買いそろえたり、工事の現場で決断しなければならない重圧に、常に不安と恐怖を抱えながら過ごした。覚悟を決めたつもりではあったが、確約の無い将来への不安で時折押しつぶされそうになることもあった。それが工事期間中の２か月あまり続いた。しかもすでにパートは年末にやめているので、１円も収入がない状態で。時折心の底から思った、いったい私は何をやっているんだろうか？　と。

〈こだわり〉内装で譲れなかったところ

店舗開店マニュアルのようなものはそれなりに読んだ。その中で印象に残り、実際に、自分も取り入れたポイントがいくつかある。そのどれも「ちゃんとした店に見えるため」、つまり「お客様に納得してお金を払っていただくに値するように」という視点からのおススメポイントだ。

まず床と壁にお金をかけるということ。

ただでさえ築年数が古いアパートを飲食店に改装するということは、それなりの内装工事か、古さをおしゃれと感じてもらえるようなずば抜けたセンスのいずれかが必要だ。残念ながらセンスはずば抜けていないし、流行りの「古民家」とも名乗れない風情の物件。その物件が「素人っぽく」見えないためには、靴を履いて出入りできるちゃんとした床、および人の家のリビングっぽく見えないような壁紙が必須だった。

床は、クッションフロアのようなクロス張りのアパートのリビングを客席に改装するので、まず防水対策をしてその上に塗料を塗った木を敷き詰めた。もちろんこの木の塗料を塗ったのは自分。これが結構楽しかった。自分で塗った理由は単純に工事費用を抑えるため。しかしこれはやってよかったと思っている。塗料のにおいにむせ返りながら1枚1枚完成させた作業は、自分の店への愛着となっている。また開店した後も数年に1度は、床の劣化の修繕のために塗料を塗りなおすメンテナンスが必要だ。そのときに自分でやってみた経験が生かされた。あぁ、開店前に一生懸命やったなぁ・・・とシミジミ塗りなおすのも、店主の醍醐味だと思っている。

そして壁紙については「ココから選んで下さい」と分厚い「見本帳」を渡された。当然、わずか5センチ四方の切れ端の「見本」から壁全面を覆う壁紙を想像して選ぶのはなかなか難儀だった。工事業者さんのおススメは「迷った時は見本帳の中のモデルルームの写真と同じものを」というアドバイス。これはその通りにして正解だった。写真で見て全体像がわかることと、やはりおススメ商品だからこそモデルルームで使っている証拠。デザイナーでもない素人が選ぶには「人気」「おススメ」という無難路線が間違いない。

そして次は食器。何も考えたくなければ業務用のシンプルで比較的安価なものでそろえればいいし、主張したければ一目でわかるブランド物の柄を選べばいい。前者は味気ないし、後者は「金持ちの家の食卓感」があふれ出る。最近は１００均の食器もおしゃれなものがあるが、それでも所詮１００円と思うと私自身の「これはお金を払って食べてもらうもの」というスイッチが入らない。

もちろん、高けりゃいいって問題じゃないけれど、安い食器は食べ物も安く見えるし扱いも雑になると思った。食器については相当探した結果、ドイツ製の某メーカーのシンプルなもので一式そろえた。スプーンなどのカトラリーも安物は「軽い」。そしてユリゲラーが使いそうなほど「脆い」。これも使いやすく大きさのちゃんとしたものをそろえた。結果かなりの出費だったけれど、譲れなかったポイント。

そして次はテーブルやキッチンの高さ。これらはすべてオーダーで設定した。キッチンは靴を履いてちょうどよい高さにするために、普通のご家庭より5センチほど高くしてある。そして客席のテーブルは実際に自分が椅子に座ってちょうどよい高さでオーダーした。想定しているお客様は私くらいの年齢や背格好だ。ここは見過ごしがちだと思うけれど、いろんな店に行くたびに私が気になってしまう点だ。

おしゃれな店のテーブルは外国製で、日本人の身長や座高を想定していないので高すぎる場合がある。小柄な女性など結構辛い。逆におしゃれすぎるテーブルは低すぎて前のめりでないと食事がしづらい場合もある。さらにそのテーブルがグラグラ揺れたりしたら最悪だ。きちんと計算して1センチ単位でオーダーし、足元が揺れても微調整できる調整用のネジがついているものを選んだ。

最後に洗面所。これは営業許可の関係できちんと客席内に手洗いを設けなければならない。狭い店内なのでトイレの横に小さな申し訳程度の手洗いをつけることもできたが、想定した顧客は「私と同年代の女性」。トイレに立ったときにはちょっとメイクを直したり、口をゆすいだりしたいもの。だから、ちゃんと広さを確保し、洗面スペースも客席からは壁で仕切って見えないようにした。大き目の手洗いボウルと鏡を設置して安心して身支度を整えてきれいになってお帰りいただきたいからだ。

以上が、一見業者さんに丸投げもできるけれど、快適に過ごしてもらうために譲れなかったポイント。実際できあがってみて本当に満足している。座って食事をする・お茶を飲みながらおしゃべりする・そのシーンにおいて、椅子の座り心地、安定したテーブル、また洗面所の快適さは食事そのものよりも「この店いいね」の大きな要素になることもある。実際「なぜかすごくくつろげる」という声をたくさんいただく。

いよいよカフェ開業

まずはメニューを決める

ハード面はたとえトラブルがあっても、作業自体は業者さんが対応してくれるので着々と進んでいった。

肝心なのは「店のソフト部分」で、いよいよメニューをどうするかを煮詰めなければならず、これは完全に私の仕事だ。私が考えて決めないと一向に進まない問題なのだ。

当初思い描いたお店は「女性が昼から軽く飲める場所」。例えていうなら、「昼からワインが飲めるスタバ」・・・のような気軽な場所を考えていた。そしてこの思いが共感・支持されるかどうか、とりあえずリサーチしてみたことがあった。当時はまだ物件も決まっていなくて、知りあって間もないママ友たちに。

結果は「何の反応もナシ」。なぜなら、基本ママたちは昼から飲まない。塾の送り迎えで車を運転するとか、小さな子供がいるとか、様々な理由がある。

そのときはほとんどの人に「え？ 昼からお酒飲むの?･?･?･」とドン引きされた記憶し

かない。それでもやりたいことはとりあえずやってみる。なぜなら、安心して昼から一杯飲んでリラックスできる、そんな場所を作りたい強い思いがあったから。なかなか理解されないのは、実際にそういう場所がないからだ、とも思っていた。ならば自分がそれを作り出そう。ダメならさっさと路線変更すればいい。

ということで、最初にメニューに入れたのはワインと生ビール。銘柄は自分の好きなものにこだわった。しかし、ビアサーバーをどうやったら設置できるのかわからなくて、パート先の友達に飲食店経営者を紹介してもらい、そのツテでビール業者さんとつながった。エビスの生ビールを出したい。昼から飲んだっていいじゃない。コンサバなマダムが多い鎌倉において、自分が譲れなかった点。今思い返しても、自分熱かったなぁと感心する。

まず酒の手配はできた。次はいよいよメニュー決め。最初は目玉のプリンを中心に、デザートと飲み物で始めようと思った。それから様子を見て対応していこうと。初めから手を広げすぎないようにと決めていた。何しろ「自分一人でできる範囲で」と思っていたから。

これは実際に「え！　一人でやってるの？」とお客様に目を丸くされることがよくあった。基本「やるなら一人で」が私の信条だ。たしかに人を雇えば自分が楽になるし、空いた時間でいろんなことを企画したりメニューも増やすことができる。けれどそれは人件費という固定費が必ず発生するということで、メニュー価格にダイレクトに響く。そして、その人件費を稼ぐためにきっと私は無理をするだろう。だから私は「一人でできる範囲」をいつも念頭に置いて判断するようにしていた。そしてもうひとつメニューにおいてこだわっていた点は「自分の子供に安心して食べさせられるモノ」という視点。食材も調味料も大切な人に食べてもらえる安心安全で美味しいものを、といつも心がけていた。

ドタバタの引っ越しとプレオープン前夜

新しい店舗兼住宅へ引っ越しをしたのは、一番寒い2月の末のこと。旦那は出張で留守、子供が普通に学校へ行っている日中に、引っ越し業者さんに対応したのは私一人。まさに「ソロ引っ越し」。けれどもダブル家賃をこれ以上長引かせるわけにはいかないので、スケジュール優先で強行した。

引っ越し先の新居はガスの開通が間にあわず、店舗部分はまだ改築の途中だった。こともあろうか引っ越しまでに入口のドアのガラスが入らず、ブルーシートで覆われていた。引っ越し初日は親子二人で震えながら寝た記憶がある。

プレオープンは引っ越しから2週間後の3月14日と決めた。前夜、ようやく店舗の椅子が納品された。その時点で私は他の作業で手が回らず、小学校1年生だった息子に梱包をほどいてもらう作業をお願いした。7歳の少年しか手を借りる人がいなかったのは心細かったが、息子はどこかうれしそうで手際よく段ボールを開けて、椅子を並べた。

さらに率先して窓ガラスを磨きあげてくれた。息子にとっては「自分の母親の店」だけれども、「自分の家」でもあり「自分の店」でもあると思っているのかもしれない。自分自身も商家で育った経験から、そんな思いを想像し自分と重ねあわせていた。そして、プレオープン前夜の母と息子のドタバタ共同作業は、夜遅くまで続いた。

開店しました

2007年3月14日はギリギリまで作業に追われていたが、前日からたくさんのお祝いやお花をいただき、自分も「ただならぬ」モードになっていた。

一番初めに来てくれたのは近所のママ友でプリンを大量に買っていってくれた。それから昔のパート仲間がビールを飲みに来てくれたり、ご近所さんがお茶によってくれたりした。このとき体感したことは、自分が作ったものに対してきちんとお金をもらう今までにない感覚。

いったんお店という形になれば、たとえ知りあいでも当然お金をいただくことになる。当然だけど、不思議な感覚だった。しかし、それは必ず自分を律しなければならず、あいまいにするとお互いに付きあいづらい。だからこそ自分が提供するモノがお金を支払うに値するかどうかは、常に自分の良心に照らしあわせている。品質、味、そして過ごしてもらう環境。そんなことに常に気を配っていた。

そしてこの「知りあい」や「その友達」がとっかえひっかえ来てくれる「開店フィーバー」は開店後の数か月が山場で、なんだかんだで1年ほどは「お知りあい特需」に助けられる。ただ、これはイレギュラーな事態なのだ。それがずっと続くと思ったら大間違いで本当に大変なのはその後だ。

見ず知らずの「一般客」に選んでもらう・認めてもらうためにはどんな店で、どんな自分で、いったい何を提供すればいいのか・・・真剣に毎日模索した。

コラム「泣かせる地図」

自宅を改築してカフェを開業した。それは家族の大きな理解と後押しがあってこそだと、頭ではわかっていてもつい忘れがちなことでもある。

そんな中、息子が通う小学校の「学校開放デー」に行って「予期せぬ家族の愛」を知った出来事があった。

「学校開放デー」とは児童の父兄が自由に学校に出入りし、授業の様子や工作などの制作物を見たりできる機会で、年に1回、2日間ほど開催される。

その日、仕事終わりで「学校開放デー」に参加してみた。息子が通う小学校は壁がない「今どき」な作りで、椅子を並べた「教室」と外の「廊下」の境がない。開放的すぎるその廊下に、所せましと子供たちの「芸術作品」が並べられていた。息子や友達の作品を見つけて、かわいらしさにニヤニヤしていたそのとき、壁に大きく張り出

された「僕たちの街の地図」というのを発見した。

子供たちが実際に街に出て、見て、調べて作ったもので、そこには「昔ながらの郵便ポスト」とか「大きな犬がいるお店」など、子供目線での「ご当地情報」があふれていた。

かなりほっこりした気持ちで隅々まで見ていたそのとき、「プリンが美味しいお店・リエッタ」と大きく書かれているのを発見した。当時、開店してわずか3か月ほど。しかも、鎌倉には名だたる名店、歴史あるレストランなど数多くあるはずなのに、まぎれもなく「コネ採用」された感がにじみ出ていて一瞬焦った。

大先輩たちのお店を押しのけて・・・と、子供の作った地図ながら恐縮していると、授業終わりの息子の友達が駆け寄ってきた。「これ、〇〇（息子の名前）が〈どうしても入れてほしい〉ってみんなの前で発表して、それで書き込んだよ。」と教えてくれた。

家では何も言わないけれど、外でこういったPR活動？ をしてくれていることに、なんだかとても感動した。

そもそも私が「家で仕事」をすることを選んだ理由のひとつに、「おかえりなさいが言いたい」という思いがあった。

自分自身も商家で育ち、学校から帰ると誰かしらが家で仕事をしていた。「あ、おかえり」という、それとない一言とほどよい距離感が心地よく、いつもそれを聞いてほっと安心した。

つまり「全力で子供の帰宅を待っている」という状況ではなく、帰る家には必ず誰かが仕事をしながらそこにいる、という状況。それは必ず「おかえり」が聞けるありがたい環境でもあった。それが、出入りの業者さんやたまたま居あわせた近所の常連さんであったとしても。

また、別の理由は「子供に働く姿を見せたい」という思いがあった。たとえ10円20円でも、お金を稼ぐということはどういうことか、人様からお金をいただくということはどんなものなのか？　というリアルな姿を見せたかった。

将来、我が子も何かしら「対価を得る」という経験をするだろう。それがお金であってもそうでなくても、人から何かを受け取る、払ってもらうということはどういうことなのかを知ってほしかった。それが私の子育てで一番大切に思っていたことかもしれない。

自宅で働く、商売をして人から対価を得る、その2つの願いが同時に叶った。そして少なからずそれは子供にも影響していて、私の知らないところで応援してくれている。

面と向かって言わないけれど、私の仕事を誇らしく思ってくれていると感じ、まさかの地図の前で泣くという怪しい母になってしまったという話。

しばらくたってからちゃんと振り返る

オープンして2、3か月たったころ、長年カフェチェーンの企画本部に在籍していた知りあいに売り上げの傾向などを見てもらう機会があった。大手とは事情がまったく違うと心では思っていたものの、第三者の視点でチェックしてアドバイスをしてほしかった。もともと大雑把な人間ではあるが、前職のOL時代は若干「経営に関わる数字」を扱う仕事もしていた私。その経験もあって、毎月「月次決算」をして売り上げ傾向を把握したり、「損益分岐点」となる金額を明確にして、日々の売り上げはそれを意識するよう努めていた。

そもそも赤字にならない経営というよりも、借金を返すために利益を出さねばならなかった。

他の店との差別化は確固たる自信がある「プリン」だけれど、これだけでは売り上げの上限は知れたものだ。客単価を上げるためにランチやセットドリンクなどいくつかメニューを増やす必要がある、ということを指摘された。

ちょうどオープンしてしばらくたったので、作業もだいぶ慣れてきて時間と気持ちに余裕ができたころだった。

ちなみに鎌倉の飲食店のお客様滞在時間はとても長い傾向がある。特に若いママ達の滞在は「子供が学校から帰ってくるまで」なので、お昼から夕方まで滞在することもある。決して「場所を変えてお茶を飲もう」とはならず、ランチをしたその店でとにかくゆっくりしたいものらしい。ちなみに最長滞在時間は5時間。

店内わずか8席という小さな店としては回転率を上げるのも考えねばならない点であったが、同じ女性という立場で「長くおしゃべりしていたい」気持ちもわかる。狭い店内でランチやお茶だけでは経営を成り立たせるのは難しい。しかも子供が小さいので夜は店の営業をしたくない。この数々のジレンマが後の「料理教室」を開催するヒントにもなった。

私の強みとランチメニュー作り

幸いなことに私は料理が好きで商売を始めたわけではない。なぜ「幸い」なのかというと、料理に対して何もこだわりがないので何でも挑戦できるし、ウケなかったらいつでも方向転換ができる。そう言うと一見弱みに見えるかもしれないが、実はものすごい強みなのだ。

私がもし、フランスで修業を積んだシェフやものすごく繊細なケーキを作れるパティシエなら「どうしても食べてほしい自分の味」や「こだわりの料理」「芸術的な一品」があるはずだ。そうなれば、売れなければすぐに路線変更という判断はなかなか難しい。

一方で、商売は芸術活動ではない。儲けを出して事業として成り立たなければそれは「ひとりよがり」であり、「趣味」なのかもしれない。それを本人が納得していれば話は別だが、商売人の目線とそれなりのリスクを伴う覚悟を持たずして「儲からない」と結果だけに嘆くのはお門違いだ。

ランチメニューは一人でできることや原価率などを考え、カレーから始めた。最初は月替わりでいろんなカレーを作っていたが、そのうちそれも手が回らなくなり野菜のカレーに固定化した。

同時にあるルールを発見した。それは「メニューが一種類だとお客様が入らない」ということ。もちろん、そこでしか食べられない希少価値のあるオンリーワンの食べ物ならこの限りではない。

しかし、いわゆる普通の料理だとしたら、たとえ「絶対にカレーが食べたい」と思っていて「絶対にカレー以外はオーダーしない」と誓ってさえいても、人の真理は「複数のメニューから選びたい」と思っている。たくさんのメニューを検討したけれど、「やっぱり私はカレーを食べたかったんだ」と納得して決めたいものなんだと発見した。

しかも、グループで観光に来る人も多い鎌倉、その中には必ず「あ、昨日の晩ごはんカレーだった」という人が一人はいる。そうすると「じゃカレーはパスね」ということになるのだ。これは、さらにもうひとつメニューを増やす後押しになった

では何をメニューに追加するか？　調理や配膳のオペレーションと原価の他に「近隣の店とかぶらない」ことも大切なポイントとなる。小町通りから1分ほど歩くと当店に到着

する。その通り道に何軒かある飲食店のメニューとかぶらないことを考えた。例え同じようなものでも明確に差別化できるように知恵を絞った。

その結果、パスタを追加することに決めた。当時小町通りからうちへ続く道にパスタを提供している店はなかった。そして「ご飯ものじゃない」ものを食べたい人も一定数いる。

しかしパスタの大きな壁は「茹で時間」。これは短時間で茹であげられるパスタの試食を繰り返し、美味しく仕上がるように工夫した。さらに素早く提供できるように、パスタソースも研究し、きれいに見えるように盛りつけにも気を配った。けれど、どこにでもある具材や味つけならお客様に選んでもらえない。オリジナリティーを出すために、とろとろに煮込んだ長ネギを使い、味つけは自家製コチュジャンを隠し味に使ったオリジナルパスタを完成させた。それが後に人気メニューとなった。

結局、商売として継続していくには「やりたいことをやる」または「できそうなことをやる」というよりも、「求められていることをやる」「ウケることをやる」という視点こそ重要だと身に染みた。

コラム「びっくりしたお客様いろいろ」

カフェ営業をしていた時は「あんみつとお茶をお願いします」と席に着くなりオーダーした仲良し老夫婦とか、「ママ、ウイスキーね?」とほろ酔いで入ってくるおじさまとか、「パピーちゃんのママからの紹介です」といきなり話しかけるワンコ連れのお客様・・・実にいろんな人が来る。後からジワジワと一人キッチンで思い出し笑いすることもあって、それもまた楽しみのひとつだった。

また、グルテンフリーとかベジタリアンとか、食にも細部にわたってのニーズが増えた。そんな中、入店するなり突然スマホを見せられたことがあった。そこには日本語翻訳サイトが立ちあがり何やら文字がびっしり。

私はこれが食べられません。と書かれたその下に、およそ50個はあろうかという食材・・・。

もちろん丁重にお断りした。口に入れるものはあいまいなまま「まぁ大丈夫でしょう」というワケにはいかない。健康上の理由や、信条や宗教上の問題。決して「適当で大丈夫」ではいけないと思っているから。食べることにまつわるこだわりや信条は常に変化している。

コラム「持ちつ持たれつ」

ここ数年、ランチの営業はとても厳しさを増していた。なぜなら「ちょっと贅沢朝ごはん」と「インスタ映えの食べ歩き」が人気を得て、その狭間で「お店に入ってちゃんと座ってランチを食べよう」という人が確実に減ってきたからだ。

それでも食べかけの団子やら、飲みかけのタピオカを手に入ってくるお客様もいた。そうなると、食べ終わっただんごの串とタピオカのプラスチックコップは「ゴミ」となって当店で引き受けることになる。我々事業者が店で出た「ゴミ」を捨てるのは当然有料だ。

「それもひっくるめての価格設定でしょ」と皆さん心のどこかで思っていると推察するが、了見の狭い私はそれほど達観できない。

そして近年、小町通りには「食べ歩き自粛条例」という条例が施行された。けれど違反に対しての罰則がない以上、善意に任せて理解と協力を求めるレベル。それでも食べ歩き用の飲食物販売店の中には「ゴミ用の袋」を渡したり、店舗の横にベンチを設置したり、よそでゴミを捨てないための配慮も見え隠れする・・・がそんな店ばかりではない。

「なぜ、他店のゴミを引き受けなければならないのか」という釈然としない思いを抱くこともあったけれど、商売は持ちつ持たれつ。うちも私の知らないところでご近所に迷惑をかけたりしているはずだ。地元の人に受け入れてもらっているからこそ、この場所での商売が成り立っていると思っている。

だから、私はタピオカドリンクのプラスチックコップを洗ってせっせと分別するとき心でつぶやく。

「スミマセン。ありがとうございます」。

まさに「おたがいさま」の精神が大事だと自分を戒める。

自分の店のオリジナルとは

印象に残るメニューにしたかった。たとえ、ふらっと何気なく入った店でも、印象に残るほど美味しかったら「また来よう」「友達に教えよう」ということになる。

そのためには何ができるか？　どこにでもあるような料理ではだめだが、かといって珍しい料理を作れもしなかった。また例え珍しい料理を覚えたからといっても、観光地でもある鎌倉は「一見して味が想像できる」ものでないと通りすがりのお客様に選んでもらうことは難しい。

そのとき、料理の先生に「コチュジャン作り」を習った。コチュジャンとは韓国の辛味味噌で、焼き肉に添えて食べるという食べ方以外にまだ広がりはなかった。

わずか15分ほどで完成する自家製コチュジャンをもっと他の料理に使えないか？　と思って考えてみた。

基本的にはコチュジャンというものは「味噌」の仲間なので、まずは味噌を使うレシピの一部をコチュジャンに置き換えて作ってみた。スープやご飯・パンやパスタなど、試すうちに発見があった。バターやチーズ、マヨネーズなどの乳製品と混ぜると、マイルドで食べやすくコクが出た。これは今までにない「美味しさ」でどこの店でもない味の発見だった。さらに味噌と同じように焦げた部分が美味しいということも発見した。そうなると今までにないその使い方を人に教えたくなった。

そのコチュジャンはレシピ付きで店頭販売し、料理教室でも繰り返し「コチュジャン」の作り方やおすすめの使い方をお伝えしている。これはどれも他にはない私のオリジナルレシピだ。

集客について

最後に集客について。鎌倉の商売は始めるのも大変だけれど、実は続けていく方が何百倍も大変だ。実際2、3か月で店をたたむケースも多くある。常に観光客であふれかえり、住民はお金をたくさん落としてくれる上客のように見えるがそれは勘違いだ。

黙っていてはお客様は来ないし、ライバル店が次々現れて自分の店は自動的に「古い店」になっていく。そして鎌倉の人は思うよりずっと「財布のひもが固い」。

まずは認知してもらうためにSNSで発信してもそうそう思い通りに広がってはいかない。というか、当時はSNSも今ほど普及していなかった。せいぜい「雑誌に掲載される」「テレビに取りあげてもらう」この2つがメインだった。

ありがたいことに、鎌倉という土地は定期的に雑誌やテレビで特集が組まれる。新規開店すれば恰好の「新しいネタ」となるので、オープン間もないころはうちのような小さな店にもわずかながら取材依頼が来る。当初は戸惑いながらも喜んで対応していたが、雑誌・テレビの集客は「一過性」だ。

それを見て来てくれるお客様は、確かにありがたいがリピーターにはならない。「雑誌に載っていたあの店に行ってみよう」というハンター気分なので、お客様が押し寄せるのは一瞬で、尋常じゃない一時の忙しさに疲れ果ててそして何事もなかったかのように静けさと虚しさだけが残る。悲しいかな、みんなキャアキャア言って写真におさめて終わりなのだ。

この現象を体験してから虚しくなった。そしてちゃんと選んで来てくれた人を大事にしよう、偶然入店したけど気に入って喜んでくれたお客様を大事にしよう、と思った。

大きな看板を出したらいいとか、割引クーポンを配るとか、マスコミに取りあげてもらうためにプレスリリースを打つとか・・・いろんなアドバイスをくれる人がいる。ただ、所詮やってみないとわからない。けれど、ウチのような個人でやってる小さな店にとって大切なのはファンになっていただき、その口コミやリピートで成り立っていくことだと思う。

どうしたら「来てよかった」「友達に教えたい」そう思ってもらえるだろうか？　常にその問いを持ちながらやってきた。

正直なところ、ランチに関しては多分みんなそれほど期待して入店してこない（と思う）。正直「ここでいいか・・・」くらいな人もたくさんいる（涙）。けれど光栄なことに食べたら「美味しかった」「偶然だけどここで食べて良かった」と言ってもらえることが多かった。

私が目指していたのは「期待の3倍美味しかった」という「感動」を残すこと。当初の期待を上回る感動があれば、人に言いたくなるし、記憶にも残る。そうやってまさに草の根的にお客様というファンを増やしていくことを地道に頑張った。来る日も来る日も毎日ネギを刻み、じゃがいもの皮をむき、パスタを茹でながら。

好きで始めたブログがウケた

もともと文章を書くことが好きだ。そして開店前のあるときに友達から「ブログっていうのが面白いよ」と薦められて面白半分に始めた。日記のようにどうでもいいことをただ書き連ねたが、たまたまそれが開店を決意したタイミングと重なった。となると必然的に内容は「開店・開業」にまつわることが中心となる。

私にとってブログは、覚書のようなものであり、自分の気持ちを吐き出す場所でもある。特に一人で何かを始めるとき、続けていくとき、常に相談できる同僚も仲間もいない。そんなとき、ブログは良き聞き役となってくれる。書くことで気持ちや思考を整理できるからだ。

そしていつしかそのブログに固定的なファンがついた。

ちなみにカフェ店主のブログでありながら、料理のレシピや美味しいもの情報などは一切提供していない。内容は「感じたこと」「やっていること」「目指していること」など私の心の中身だ。しかもどちらかというと鎌倉・カフェ経営など一見「おしゃれ」「素敵」というイメージをもたれる分野でありながら、中身は「本音」「毒を吐く」という部分が大半を占めている。

その内容は旦那の愚痴や子育ての悩み、ダイエットの失敗や衝動買いしたこと、そのときに書きたいこと・自分が書いていて面白いことをただただ発信している。

店のアピールでも、提供している料理の宣伝でもない、ただ私という「おばさん」「主婦」「母親」「カフェ店主」といういろんな側面を持つ人間が、その都度体験したことや思うことを書いた。全然カフェブログでもレシピブログでもないが、それが一部の人のハートをガッツリつかんでいるらしい。

今も変わらず楽しんで毎日更新している。よく人からは「毎日よく書くことあるね」と言われるが、私にしてみれば「書きたいこと」がありすぎて困るくらいだ。また「集客のためにブログを書かなきゃ」という同業者の声もよく聞くが、これも私にしてみればまったく理解できない。私のブログは集客のためでなく、ほとんど言いたいことを言っているだけだ。そして実に不思議なことに、遠くからわざわざお越しになるお客様のほとんどが「ブログを見て」という方なのだ。くだらないことしか発信していないので恐縮するばかりだが、実にありがたくもある。そしてすっかり気をよくしている私は、これからもブレずに、自分のリアルを発信していきたいと思っている。

カフェを始めてよかったこと

良かった・・・と思うことは不意におとずれる。なぜなら来る日も来る日も基本的にやることはルーティンが大部分を占めているので、大事件は起こらない日々だからだ。お客様もどんな人が来るのか来ないのか、これも自分では操作できない。

私はあまりガツガツ話しかける店主ではないので、基本「放ったらかし」状態だ。なぜなら自分がお客様の立場になったとき、グイグイ話しかけられるのが好きではないことも理由のひとつだ。

ただ、聞かれればなんでも話す。「これどうやって作ったのですか?」など、レシピでもなんでも。特にブログをご覧になって来た方は声をかけて下さることが多い。これはとてもうれしいことで、一気に親近感が高まっておしゃべりしてしまうこともあった。

そんな人との距離の加減を「心地いい」と思って下さる「波長が同じお客様」が繰り返し来てくれたり、次はご家族と一緒に来てくれたり。または料理サロンに通うようになってくれたりする。つくづくうちはお客様に恵まれた店だと思い、この仕事の幸せを感じる。

「料理サロン」にいらっしゃるお客様も半分以上は「ランチを食べて」気に入ってお申込みになる方だった。偶然の出会いが長いお付きあいになることに、不思議な気持ちとご縁を感じる。

美味しかった、体が元気になった・・・そんな声をいただくと単純にうれしい。そして何も言わなくてもいつも通って下さる方にも心から感謝している。

そしてその中でも魂が震えた出会いと別れがあった。

すらっと背の高い外国のお客様が、ほとんど毎月ふらっとランチを食べに通ってくれていた。日本在住歴が長いと見えて、日本語も堪能で、いつも晴れた日にテラスで一人仕事をしながらランチを召しあがる。「日差しが気持ちいいからパラソルはたたんで下さい」というのも、いつものご要望だ。サッと来てサッと食べて、ボーっとくつろいで日差しを堪能して、一言二言話してお帰りになる。

2017年の春のこと、その方がランチにいらっしゃった。多分2か月ほど間が空いたと思うが、一目見て驚くほどお痩せになっていた。

オーダーを取りながら口を開いた「来月、国に帰ることにしました。だから最後にここで食べたくて」と。

理由はお尋ねしないのでわからない。けれども、そのときは私も体の不調で店の存続を悩んでいた時期。勝手にいろんな思いと涙があふれ、しばらくキッチンから出ることができなかった。

人との出会いもあるけれど、同じく別れもある。大抵「最近来ないね」で疎遠になるものの、あきらかな別れはやはり堪える。

店というものはいつでもそこにあり続けるもの。何があってもいつもそこに行けばある。ということは人の心の中に何かしらの灯であり続けるのかもしれない。そしていろんな思いを持った人がひとときでも「あぁ、リラックスした」と思ってもらうために、私は毎日トマトを洗い、ネギを刻んでいるんだと気づいた。そしてそれはとても光栄なことだと思った。

このように、いつも通って下さる方を時折思い浮かべては「元気かな」と思いをはせる。会えても会えなくても心の中では思い出している。

この場所を大切にしてくれる人を、私が大切に思い出せることを心から幸せに思う。店を構えて商売をやっていて良かったと思うことだ。

コラム「一人営業での困りごと」

ここだけの話、女が一人で店を切り盛りするということは防犯面でも考えておかねばならないことがある。

万が一の対応ってやつ。どうやって未然に防ぐか、どうやってSOSを発信するか、どうやって逃げるか・・・など。

ありがたいことに、地域のおまわりさんは定期的に巡回して「変わりはありません

か」と都度気にかけてくれる。またうちの店で言えば、2階に大家さんが居住していることや、入口や大きな窓など、3面採光で外から店内が見えるのも防犯上とても安心だ。さらに必要に応じて防犯カメラや2重ロックなどの対応も推奨したい。

ちなみに今までで一番困ったことは、テラスに広げていた大きなパラソルが風にあおられ飛んでいってしまったこと。キッチンで洗い物をしながら目にしたその様子が、今でもスローモーションで思い出される。いったい何が起こったかわからずに「メリーポピンズみたい!」と、その瞬間をぼんやり眺めてしまい、2秒後に心臓が止まりそうなほど焦った。まずい! 近くに横須賀線の線路がある。事故を誘発するかも!!!

しかしそのときの店内は満席で、半分以上のお客様のオーダーを調理中だった。火力を3か所フル稼働で使っていた。どう考えてもこの状態で私が店を空っぽにして、パラソルを探しに行くことなどできない。

ちょうどサッカーの練習に行く直前の息子(当時8歳)がいたので「ちょっと近所で探してきて」とお願いしたものの、「もう練習に遅刻するから嫌だ」と言ってきかない。その間も心臓バクバクだ。・・・仕方ない、大家さんにお願いしよう。外階段から2階へ上がり、大家さんに事情を話す。すると「大丈夫、任せて」とその足で飛び出して行ってくれた。・・・もう涙・・・。そして10分ほどして手に大きなパラソルをひきずって「あったよ」と戻ってきた姿を見た時は膝から崩れそうになった。聞けば直線距離で30～40メートルほど離れたアパートの裏庭のフェンスに引っかかっていたとのこと。ちなみに横須賀線の線路はそのすぐ脇。それを聞いて一層肝を冷やした。

このように、咄嗟のトラブルにもその場で対処するしかない。だから、あらゆることを想定して未然に防いでおかねばならない。もちろん店舗用の火災保険、お客様への損害保険など、保険に加入することも大切なことだ。

また、まったく次元が違う話だが、よくあるケースは「釣銭がなくなる」という事態。不思議なことに、全員1万円札で払う日というものがある。どうやら、そういう流れの日というものらしい。それも水商売の不思議なところ。どんなに両替して準備しても限度があるので、実際に１００円玉を並べて釣銭にしたこともある。申し訳ないけれど準備を上回る事態もあるということ。

そして、限界

自分の力ではどうにもならないこと、例えば大雨、大雪、台風直撃・・・客足はお天気や気温に大きく左右される。例え天気予報が外れて急に晴れたとしても、台風がそれて青空が広がっていたとしても、いったん発令された天気予報で客足は途絶える。

さらに「水商売」とはよく言ったもので、例え天気に恵まれ過ごしやすい日でもなぜかさっぱりお客様が来ないときがある。

これは飲食業の辛いところだが、やった分だけ収入につながるものではない。というか、頑張った分だけ赤字になってしまうことがある。つまり働いた分だけ損をする。

余ったものはすべてロスになるので、売れない限り捨てるしかない。かかった材料費や使った労力はすべて水の泡となる。そしてこのご時世に「食べ物を捨てる」という罪悪感を抱くのはかなりしんどいものだ。

食べ物を捨てたくないので、余った物の行く末はかなり知恵を絞った。その一方で「だったら安く売れば」とか「配っちゃえばいいじゃん」というアドバイスをくれる人がいる。けれど自分の商品価値を守るのは自分しかいない。

安くなる、タダでもらえるものに人は適正価格を払わなくなる。

そんな売り上げ面や、廃棄処分のダメージとあわせて、無駄に使った体力とすり減らしたメンタル、当然原材料費は回収できないトリプル疲労。

飲食業は「店を開ける」といってもシャッターを開けたら即開店とはいかない。何日も前から買い出しをし、発注をかけ、仕込みをし、当日支度を整え、ようやく開店となる。正直そのときには疲れ果ててしまい、開店した矢先に「もう閉めたい」を思う日もある。それほど激務だった。

そして家族がいるので当然ながら掃除洗濯、子供の弁当、家族のご飯作りなど、終わることのない家事。全部やりつつの「自分の仕事」なのだ。もうずっとご飯のことを考えてご飯を作っている状態。

だから一層「やったことは報われたい」と素直に思った。それが料理教室を企画する大きなキッカケとなり、結果としてその後、カフェをやめて料理教室にシフトしようという自分の思いの基礎になっている。

第四章

料理サロンへのシフト

料理サロンの挑戦・挫折・気づき

私だからできる料理教室とは

開店してから半年後に始めた、見るだけの料理教室「お気軽料理サロン」は、紆余曲折はあったものの予想を超えてお客様に受け入れられ拡大していった。手ぶらで参加できる料理教室の手軽さや、簡単レシピが人気を博しリピート率93%、13年間で延べ12000人を超える方にご参加いただいた。

前章でもふれたように、料理教室を開催してみようと思ったキッカケは大きく2つ。ひとつは「店のことを知ってほしい」。そしてもうひとつは「やったことが報われる仕事がしたい」ということ。

あくまでもそのころの主業務はカフェ営業。どうしたら店を知ってもらえるか、どうしたら実際に足を運んでもらえるかと考えた挙句の策だった。

当初はカフェ営業に差しつかえないように、開店前の1時間を使って簡単に開催することにした。私の料理教室が他のものと大きく異なる点は、「参加者は一切料理をしない」

という点。これはキッチンの作りから大人数が厨房に入って見学や調理が難しいということに端を発するが、それ以上に実際に自分が他所の料理教室に参加したときに感じた違和感を掘り下げて改善した結果でもある。

まず一般的な料理教室はグループ数名で一緒に料理を作りあげるスタイルだ。私も実際参加したとき、とにかく終わった時に身も心も疲れ果てた記憶がある。まず、レシピをもとに最初に先生のデモを見る。長い場合は20〜30分くらい立ちっぱなしで、終わりの方は意識が遠のいていることもある。そして先生の料理ができあがってホッと一息ついていると、「それではみなさん作業台に戻って作って下さい」と突然現実に引き戻される。「そうだ、これから一から作らなきゃならないんだ！」と。

先生のデモンストレーションを見ている間は何度か意識が飛んでいたので、いきなり「はいどうぞ！」と言われてもそこからが大変だ。残り少ない気合を入れなおして調理に取りかかるものの、実はここから参加者同士のせめぎあいが始まる。グループで調理して自分達が食べる料理を仕上げるのだから、遠慮して誰かの指示待ちでは料理は完成しない。かといって反対に、常連さんグループやボス的おばさんのテーブルに混ざってしまうと、新参者たちは全員家来のようにひたすら食器を洗う、ひたすら玉ネギの皮をむく・・・など、一部の地味な作業のみ担当し続けることになる。当然、料理の全容はわからず、味つけも人任せだ。

今でもうちの料理教室に「たどりついた」多くの人たちが口をそろえて言うのは、グループで調理する料理教室での辛い経験。

そのどれにも私自身が深く共感していたので、ならば「見ているだけ」そして「食べるだけ」のお気軽な料理教室にしようと決意した。これなら全体がわかるし、私が作るレシピ通りの味をまず味わって体験してもらえる。家庭の味にアレンジしたければ、それをベースに調味料を増減すればいい。

そして何しろ座って眺めているだけだから気が楽だ。誰かに気を遣うことも労働をすることもない。さらに全体の工程がわかるので再現しやすい。対象は主婦であることから、レシピを渡して実物を食べれば大体の料理は再現できるはず。毎日料理を作り続けている主婦の皆さんは、新しい料理のネタを入手して、何とかマンネリを打破したいという前向きな思いはある一方で、実際は「外でまで料理したくない」という本心があることを知っている。私はその気持ちに寄り添いたかった。

実際に料理教室を終えて家に帰ったら、家族のためにまた一から料理を作らなければならない。そのためにも「疲れない」「余力を残す」「簡単ですぐ作ってみたくなる料理ネタを提供する」。しかも「家にあるような材料で」を心がけている。そしてせっかく作るなら「家族にほめられる」レベルを目指している。リアクションがあれば報われるってものだ。何より、大前提として「気晴らしになって楽しく過ごす」こと。料理をネタにしているが、料理を覚えるということよりも、料理を作りたくなるマインドになって帰ってもらいたいという願いがある。ウチのような「楽しくて気楽な」料理教室は他にないと自負している。

実際に参加者同士で情報交換のおしゃべりにも花が咲く。アレンジのアイデアやおすすめの調理法など「他の主婦たち」の知恵がとても参考になったりする。普段は家で一人調理をしているが、ここに来れば仲間と情報交換ができる。そして皆さん、実は私が作るものよりよっぽど上手に、さらにアレンジして作っているに違いないと知っている。実際「こんな風に作ってみました」「家族が苦手な食材を変えて作って大好評でした」など、現場で役立っているうれしい声もたくさんいただくから。

始めたものの集客ができずやめた

実は、今の料理教室の形は試行錯誤の末であって、最初から大人気なわけではなかった。主業務はカフェなのでまずはカフェにたくさん人が来てほしかった。そのために、まずはこの店に足を踏み入れて雰囲気を知ってもらうということが必要だと思った。入店のハードルを下げるという意味だ。当初は開店前の1時間で簡単な料理を2品ほど、目の前で実演して食べてもらうスタイルで開催してみた。

メニューはドレッシングやディップなど・・・超簡単なものを作って見せて、それとサラダやスープとあわせた簡単なワンプレートにして用意した。価格設定はランチ代プラス200円のお手頃価格。そして、ご案内は店頭と、そのころ使い始めたSNSで行った。ところが、というか予想通り、当初は1、2人しか集まらなかった。

気になるという「認知」と、実際に参加してみようの「行動」の間には結構高い壁がある。始めたばかりじゃ仕方ないよね・・・と思っていたものの、翌月は申込み1名のみ。さすがに場が持たないので友達にサクラをお願いした。そしてさらに翌月はまさかの申し込みゼロ。

たとえ参加者がいなくても内容を見直しながら続けること自体が大切だと頭ではわかっていた。それでも、実際に誰も来ないという状況に心が折れた。「やっぱりこれはウケないんだ」と思ってさっさとやめることにした。

商売とは結局、客が入らなければ「自分が間違っているんじゃないか」「何か的外れなことをしているんだ」と、一人ネガティブで孤独な沼に沈んでいく。自分の気持ちが折れてしまったので、料理サロンはひっそりとやめた。このように一人で営業していると「思いついたアイデアをすぐ実行できる」という前向きなメリットもあるが、「ダメだったことを何もなかったかのようにすぐやめられる」という後ろ向きなメリットだってある。ものは考えようだ。

リクエストに調子に乗って再開

ところが、人知れず料理サロンをやめてしばらくすると、不思議な現象が起こった。たまたまお茶をしに来たお客様に言われた「もう料理教室やらないんですか?」という言葉。そして他のお客様にも「今度来ようと思っていたのに」。さらに、「店頭のチラシをみましたが次回の料理教室はいつですか?」というお電話での問いあわせ。そんな声が数件続いた。何事も褒められたり優しくされると調子に乗る性格ゆえ、それならばもう一度考え直して再開してみようと決めた。

再開するには可能な限り内容を充実させよう。良くも悪くも自分の人件費など度外視で、自分が頑張ることで喜んでもらえるならメニューも食材も、その他のサービスもこれ以上ないくらい全力でやってみよう、と逆に燃え始めた。

先にも言ったが「期待の3倍」の内容を目指した。損得目線がシビアな主婦に「絶対にお得!」「これならまた来たい!」と思ってもらえるものにしよう。広めてもらえるように、繰り返し来てもらえるように。期待や想像した3倍の内容を提供すると自分に誓った。

その結果、時間を90分に拡大し、メニューの数も合計6品、多いときは8品になった。このメニュー増加は最初からそのつもりはなく、せいぜい3、4品にとどめておくつもりだった。ただ、毎回試食で出したサービスのサラダや小鉢が好評で、「これはどうやって作るの?」という質問に答えているうちに、ならば初めからレシピに入れようということになった。最初からいきなり8品を8名様に時間内で作って提供する・・・というのは厳しかったかもしれないが、やっているうちに手際も良くなり慣れてくる。もともと私は大雑把だけど仕事は早い。したがって、反対にどうしたら時間内にたくさんのおススメをご案内できるか・・・という視点も持つように心がけた。こうやって工夫して挑戦するのは、大変だけど楽しくもあった。

参加したお客様は座りっぱなしでレシピを手に実演を眺め、その後、目の前にお料理がずら～っと並び、必要に応じて取り分けて食べる。本来は一人ずつ完全にワンプレートで提供してもいいのだが、料理教室はお一人様で参加なさる方も多い。お取り分けすることが、会話を始めるきっかけにもなる。

幸い、料理の話題は共通項も多く、誰も傷つけない。お一人での参加でも、グループで参加しても、垣根を越えて自然と楽しそうに話が弾む。そしてデザートとお茶までのんびり堪能して帰る。そして気があったら、「次は一緒の日に参加しましょう」とか「この後一緒に市場で野菜を買って帰りましょう」など・・・料理がきっかけでお客様同士の自然な交遊も驚くほど広がっている。それを見ると、つくづく料理ってツールは素晴らしいと再確認でき、自分の仕事に誇りを感じる。自分自身が気楽に楽しめる、そして人とつながる話題にもなる。それは外でも、家の中でも同じことだ。そんな広がりに主催者として感動しながら、完全手ぶら＆着席形式の「疲れない料理教室」の形態が作られていった。

料理サロン人気爆発のキッカケ

再開した当初は月1回の開催で「第二木曜日の昼」に設定した。けれど、そこに参加した方が、なんと全員「翌月もお願いします」とリピート率が100％になった。つまり、新規のお客様の席がない。そう思って月2回に増設してみた。やがてそれもすぐに同じ理由で満席になった。100％のリピート率を誇り、次回以降の席も埋まってしまった。

結局、開催は月2回から毎週木曜日の月4回に増やした。すると「木曜日は仕事なので別の曜日は開かないのか」という要望をいただき、曜日を増やして週2回から、3回、4回と、平日はほとんど毎日開催することになった。

それでも受付と同時にほとんどの席は埋まり、日によっては午後も追加で開催し、1日2回行うようにもなっていった。料理サロンを再開してからそんな状況になるまで、2年くらいの間の出来事だったと思う。

けれどこの人気爆発も明らかなキッカケがあった。それは店頭に張り出した空席一覧。数か月先の日程まで満席などと記載されていたら、なんとなく「尋常じゃない人気」を感じるもの。すると、「気になる」という認知から「何が人気なのか気になる」という興味に変わる。そして「じゃ一度参加してみよう」の決断から「席が埋まっちゃうから予約を入れよう」「しかも、今すぐ」という実際の行動につながる。

つくづく人の動向は不思議なものだ。そして受付開始まもなく月間１５０席以上が満席になる状況が続いた。

お客様は「人に教えると自分の席が取れなくなるから」と秘密にして通っている人もたくさんいた。まさかの人気はあれど、口コミゼロという事態（笑）。

ただ、瞬時に満席になったとしても、一定数のキャンセルはあるものだ。なぜなら、いったん予約しても日程が近づけば料理教室より優先させたい用事ができるのも残念だが事実でもある。

そもそも、料理教室など参加しなくても生きていける。その意味では、生活の中の優先順位は低い。つまり言ってしまえば「時間があれば来る」という余暇イベントにすぎない。それよりも子供の学校行事や親族の介護、それ以外にも田舎の友達が急に上京とか洗濯機が壊れて業者さんが来る・・・など、急な事案はいくらでもある。一定数のキャンセルや日程変更は否めない。しかし、私は一人で日常業務と併行して予約管理業務を対応し続けなければならず、単純に私のキャパを超え翻弄されるようになってきた。

それでも、来るか来ないかは運次第？　のようなフリーのランチ客と違い確実に予約日に来てくれる、楽しみにして通ってくれるお客様はありがたかったし、大切にしたかった。そしてあらかじめ来ることがわかっていれば、食材も手間も無駄なく精一杯の対応ができる。食品ロスも出ないので、壮大なことを言えば地球にとって素晴らしい。そしてそれは私の精神衛生上、良いことでもあった。

ピーク時は1回8名様の教室を月25回開催した時期もあった。もちろんその他にカフェ営業も併行してやっている。午前と午後のクラスの間はわずか1時間。その間、片づけて食器を洗い、テーブルを整えて、次の仕込みをする・・・もうドリフの舞台セットを変えるように、一人でバタバタしていた。このとき感じていたのは「要望があるなら、最大限応えたい」という責任感と、それを実際やり遂げる充実感。けれどその一方で、蓄積する疲労も無視できなかった。

毎月メニューを変えてご案内している料理サロンは、考えて、食材を手配して、試作して、決めて作りあげる、その繰り返し。常に先行きの料理サロンの企画や戦略を考えること、予約受付、変更の事務手続きなどなど・・・、実際に料理を作って教えて食べてもらう、ということ以外の膨大な業務は休むことなく次から次へと押し寄せてきた。すべて一人でやるには私のキャパを超え、間違いやうっかりミスがないように、常に緊張感だけが消えない日々が続いた。実際ほとんど毎夜、眠りにつくと「あ！　間にあわない」「食材を買い忘れた」という悪夢に飛び起きていた。

やりきったからわかった自分の転機

長い方はもう10年以上通って下さっている料理サロン。毎月毎月、時間をお金をやりくりして通い続けてくれるということは、どれほどの労力と気持ちが必要なことか・・・と思うと、同じようなことの繰り返しばかりではいけないと知恵を絞った。

どうせ来てもらえるなら毎回ワクワクするような新しいことを提案しなきゃ、と。いろんなイベントを企画し、料理サロンのお客様を優先的にご案内・ご招待した。料理サロンの時間内に開催するものや、別日程にお越しいただく場合もあった。

例えば、自分で混ぜるカレー粉作り体験や七味唐辛子ブレンド体験。かき氷に自家製シロップかけ放題など、料理を習う・食べる以外にも席に座りながら気楽にできる「自分でもやってみる」を取り入れてみた。

また、別日に開催するイベントは、料理には関係ないこともやっていた。たとえばアロマセラピストを招いての「ハンドマッサージ教室」や、紅茶教室の先生の「グラデーションアイスティーの淹れ方教室」など。

どれもお客様が「自分のために」「自分が楽しむ」という内容であり、その開催には「気晴らしをして英気を養ってほしい」という私の願いがあった。それと同時に、当然「私がやってみたかった」という思いもベースにあった。

そんなイベントのご案内が毎月毎月連続していたある日、いつも通って下さるお客様に言われたことが私の転機になった。

次のイベントをご案内しようとしたら、私の説明を遮って「申し込みます」とおっしゃった。「もうイベントの内容は何でもいいんです」「先生が薦めるものは何でも興味がありますから」

その時は、まぁそうですか！　くらいに聞き流していたが、しばらくして自分の中に衝撃が走った。

そうだ、そうなんだ。もう10年続けてきた料理教室でお客様に提供しているものは料理レシピではなく「私自身」になっているんだと。そしてそれを楽しみに毎月毎月これほどたくさんの方が通って下さっているんだ。

それは自分の中にもうっすら感じていたことだったが、キチンと意識してたこともなく、当然言語化もできていなかった。けれど、目の前でお客様の口から直接聞くことではっきりとわかったのだ。

もういろんな説明や口説き文句はいらないんじゃないか。自分は自分がやりたいこと、伝えたいことを表現していけばそれでいいんじゃないか。と、新しい自分のあり方を発見した瞬間だった。

そして力尽きた

料理サロンは楽しい。なぜなら本当に喜んでもらえるし、その思いをお客様と一緒にリアルに味わえる幸せがある。私のような人間が伝えたレシピが、参加者のその先のご家族まで届き、「美味い」という幸せな体験が広がっているなら、こんなにうれしいことはない。

そして、毎月通ってくれるお客様との他愛のないおしゃべりも楽しかった。本当にお客様には恵まれた。

しかし、一人で全部抱えるには無理があった。それまでも小さな体調不良はあったものの、2017年の夏、いよいよ決断を迫られる体のサインに直面した。

それでも、少し休めば続けられるんじゃないか、教室の回数を減らして体調の様子をみようか・・・、なんとか続ける方法を考えた。なぜなら、開催1500回を超え、のべ参加者が1万人を超えてここまで成長して支持されている料理サロンを簡単にやめてしまう決断など、私には到底できなかった。

考えに考えた数か月だった。その間も料理サロンは滞りなく開催しつづけた。この数か月は人生で一番悩んだ時期だったと思う。誰かが決めてくれたら何も考えずその答えに従った。でも誰も決めてくれなかった。自分で決めるしかなかった。いったんやめるか、様子をみながら続けるか・・・

答えはまったく出なかった。珍しく人生で初めて悩んで痩せた。あれほど「痩せたい」と小学校低学年からずっと切望し続けてきたのに、食事も喉を通らずにどんどん痩せていくのは、正直かなりしんどかった。痩せていくというより、どんどんやつれていった。

実際、最後は立っているのも息をするのもしんどかった。それでも笑顔で声を振り絞り、料理を完成させて、料理サロンを無事終えたときには、床にへたり込んでそのまま動けなくなった。

答えは出せなかったけれど、本当はうっすら見えていた。きっと今までの自分なら絶対に選択しなかったことを選択するんだろう。だからこんなに悩んでいるんだ。じゃぁ、普通の自分なら絶対に選択しないことを選ぼう。

最後はそう思って自分にとって一番キツい選択、つまり料理サロンもカフェも全部やめることを決めた。実際のその決断が自分の中に腹落ちしたのは、次の予約の受付開始当日の朝だった。次のタームの予約が入ってしまうので、やめるなら今日伝えなきゃ間にあわない、というギリギリのタイミングだった。

初めて「やめます」とお客様の前で口にしたときの光景を覚えている。再開の予定は立てられないので、無期限で休業します。実際にそうお客様の前に立って自分の口から発した文言を、自分の耳で聞いて自分が一番驚いた。あぁ、自分仕事やめるんだな、って。どこか他人事のような気持ちで自分の耳に届いていた。

その場にいたお客様からは軽い悲鳴が上がった。

「えーーーーー！！！　なぜですかーーー？」

いったん体のメンテナンスをしたい。次に再開するかどうかはわからないのでいったん無期限休業である旨をお伝えした。それを2017年7月の料理サロン、合計20回、計160人に向かって毎回毎回直接お伝えした。その度に、同じように場はどよめいて、明らかにショックを受けて戸惑うお客様もいた。

SNSやホームページでご案内するということもできたが、毎月通って下さるお客様には私の口からお伝えしたかった。当然、毎回お客様の反応を全身で受け取るのは、弱った体にボディブローのように響いたが、それでもくじけている場合じゃないと奮い立った。なぜなら、最後の料理サロンまで仕事をきちんと遂行していくには自分の気力以外に頼れるものはなかったから。心折れてる場合じゃなかった。例え最後に倒れ込んでも、約束はきちんと果たさなければならない。

お客様に直接伝えることを最後の義務と化したこの1か月は、記憶がほとんどないくらいぎりぎりだった。そしてすべてのお客様の反応を全身で受けて、私は身も心もスッカスカになっていた。

最後の料理教室が終わり、予約したすべてを完了したときは寂しさや悲しさを感じる余裕などなかった。ただ、ちゃんと完了できた、という安堵の深いため息しかでなかった。とにかく責任は果たした、そしてまだ生きている、と。

入院しました

衝撃の無期限休業宣言をして、最後の料理サロンを終えた翌日、私は入院しその翌日に手術をした。

さすがに家族は付き添ってくれたが、私の腹は決まっていたのでかなり落ち着いていた。そしてなぜだか不思議なことに、入院中はとても楽しかった。きっと「胸を張ってのんびりできる」ことと、日に何度もとっかえひっかえお医者さんや看護師さんが「大丈夫ですか？」と体を気遣ってくれるから。さらに、重ならないように・・・と毎日違う友達がお見舞いに来てくれたので、存分におしゃべりに花を咲かせる時間を持てた。

人生で一番しんどい数か月を経て、ほぼやぶれかぶれで決断した入院手術は、もしかしたら神様からのプレゼントだったかもしれないと思ってしみじみ感謝した。

入院生活はあまりに楽しく、あまりにもリフレッシュしてしまったらしく、経過が順調すぎて予想に反して早めに退院できた。すると1か月もしないうち気力がみなぎってしまった。何かをやりたくてうずうずしてきた。

実は手術の決断を鈍らせていた「副作用」も、幸いなことにまったくでなかった。まだまだ通院で治療は必要なものの、のんびり静養なんてできないし、何しろ稼がなければ自分の自由はないと思っている性分。当然、料理サロンを少し変えて再開することを考え始めてみた（早っ）。

合計わずか1年たらずのお休みだったが、それでも続けていることをいったんスパッと、何の約束もなしにやめてみることの大切さは身をもって実感した。

この時の体験から「やめたらわかることがある」と胸を張って言える。悩んでいるなら一回スパッときれいさっぱりやめてみればいい、と。決断が大きければ大きいほど、神様はもっと大きな希望を与えてくれる。

それにしても、副作用もなく仕事が再開できるのは幸運としか言いようがない。

これからは無理はしない、そしてゆったりとした気持ちで仕事をする。性格上難しいかもしれないけれど、あれほどの厳しい決断を選んだ苦しい時間を、決して「元気になったからナシ」にしてはいけないと思っている。だから自分を大切にすることにした。もうすり減るような働き方はしないし、それで去っていくお客様は追わない・・・そんなことをいつも心に抱いている。あのときの苦悩を忘れないように、自分を立ち止まらせるために、あの数か月があったと思っている。

やめてみた結果

いったん休むとお客様は少なからず離れていく。少なからず・・・というか予想どおり半分以下になった。当然、ウキウキ心弾むことではない。でも、だからといって安売りや度を越した無理なサービスはしない。元の木阿弥に戻らないと決めたから。

また様々な価格も私が全力でやるに相応しい（とおこがましくも思う）金額に値上げした。これは私が真正面から取り組むに値する金額なので、お客様には単純に「値上げ」と受け取られると思うけれど、自分のために決めた譲れないこと。そう思うとあいかわらず通って下さる方には本当に感謝している。

「料理を習っているけれど料理を習っているわけじゃない」そう言ってもらうことがある。そして私自身も「料理を伝えているけれど料理だけを伝えているわけじゃない」と思っている。

私は頑張って毎日料理をし続けている人、頑張って家族を支えている人にほんのひとときでも気晴らしをして、そして楽しく自由に料理に向きあえるようになってほしい・・・という思いだけでやっている。料理という分野において、それは私だからこそできるオリジナルな視点だとも思っている。

料理嫌いで「料理が苦痛」だった私の人生を変えたレシピや技術は、他のみんなの人生だって変えられるはず。そしてそのことを本当に必要と思ってくれる人に届けたいし、こんな場所があるということを伝えたい。

お客様は一時期確実に減り、冷静に経営立て直しを考えると胃が痛くなることもあった。けれども私が「大切にしていること」は前より一層研ぎ澄まされたと感じている。そう思うと、再開してから新しい目標に向かい、まだまだ試行錯誤を重ねながら道半ばにいる。

大切にしていること

私の信念は、私と同じように料理が苦痛に感じる人の助けになりたいという思いと、出会った人と一緒に楽しみたいという思いだ。

私が開催している料理サロンで私は45分間ずっと料理を作りながらしゃべっている。なぜなら伝えたいことがたくさんあるから。それは、食材の代用だったり、おもてなしにもなるアレンジ方法や、冷凍や冷蔵の保存方法、そしてまったく違う料理に使いまわしできるアイデアなど・・・とにかく、毎日料理を作る人に役立つような「ちょっとしたこと」をできる限り伝えたいと思っている。

　レシピ通りに作るのも大事だけど、作り慣れている主婦ならばより家族の状況にあうように、好きな食材で作れるように、保存もきいてお弁当にも使えて、おもてなし料理にも昇格できるように・・・と欲張りだしたらきりがない（笑）。そのどの方面にも役立ってほしい。そんな思いからおしゃべりが止まらない。

　けれど、実は料理教室の最中にうとうと寝てしまうお客様もいる。それも全然ＯＫなのだ。睡眠学習ならぬ睡眠料理。疲れているならどうかここで英気を養ってほしい、目を覚ました時には目の前に料理が並んでいるし、食べながら他のお客様と他愛のない会話を楽しんでほしい。あとは手元にあるレシピをみれば、ほとんど間違いなく作れる・・・そんな難易度の料理しかお伝えしていない。

　そして２０２０年に入り、急遽カフェ営業をやめた。理由は料理サロンに来てくれる人のために時間を十分に割きたいと思ったからだ。その決断をした直後、世の中を一変させたウィルス騒ぎがあり私の料理教室も全クラス中止と決めた。それでも形を変えながら、知恵を絞りながら「料理サロン」で伝えてきた思いをこれからもずっと大切にして、必要としている人に届けたい。

なぜなら、もっとたくさんの人を救いたいという大それた信念があるから。

まずは料理から解放されて自由になり、毎日の生活を「楽しい」と「楽ちん」で満たしてほしい。そして、世の中を根こそぎ変えるようなことが起こったからこそ、これまで積もり積もった「料理の苦痛」を洗い流し、リセットして生まれ変われるタイミングにしてほしい。これは新しい思考への転換期になると思っている。もう毎日の料理に苦しみ続けなくてもいい、今までと同じ苦痛を味わわなくていい、そんな考え方やレシピを整理してお伝えできるようになりたい。そんな新しい目標を見つけることができた。

今後も私と出会ったお客様が、料理から解放されて自由に軽やかに生きられるように手助けしていきたいと思っている。

コラム「鎌倉あるある」

とにかく狭い。いや、それなりに広いけどなぜか狭い。ちょっと買い物に行っても誰にも会わずに帰ってくるということはまずない。

特にスーパーで誰かに遭遇すると、ついついお互いかごの中身に目が行ってしまうのでちょっと気まずいときもある。ママ友と遭遇したときなど「やだ！　冷凍食品ばっかりで恥ずかしい」と、あわてて隠されたりすることもある。私も大量のビールやスナック菓子、カップ麺などがあふれた買い物かごを見られるのは、やはりなんとなく恥ずかしい。

そしてスーパーで遭遇するのは自分の友達ばかりではない。子を持つと「子供の友達」というのがなかなか油断ならないものだ。学校行事やサッカーのお手伝いなどで意外に「親」は面が割れているということを認識しておこう。特に男子は遠慮という

る場合もある。

ものを知らない。したがって、こっちの状況お構いなしで場違いなリアクションをす

　あるとき、料理教室で使うためにスーパーに大量のもやしを買いに行った。足を踏み入れたらちょうど職場見学か何かで小学生男児が数名のグループで店内にいた。「あ、○○のお母さんだ」と誰かが叫び、私はすぐさま全員の視線を集めた。さすがに気恥ずかしくてニヤニヤと会釈しながらおよそ8袋のもやしを両手にもってレジに向かったそのとき、水で濡れた床に足元をとられ転倒。「あ!!　○○のお母さんが転んだ!」・・・とまるで、だるまさんのように叫ばれ熱視線が一転、冷たい視線に変わる。「大丈夫ですか」と駆け寄る店員さん。「はい、大丈夫です」と、すぐさま何事もなかったかのように平然と立ちあがる。転んだくせして、手にはしっかりともやし8袋を握ったままだった。

　なぜだろう、転んだときって痛さより恥ずかしさがMAXで痛みすら忘れる。家に帰ってよく見たら足と尻に打撲の跡。もやしをかばった名誉の負傷。しかし、どうしてもやしだったかな・・・どうせならキャビアとか特上牛肉とか持っていれば良かったのに・・・とせめてもの思いをはせた小市民。

コラム「父と伝票整理」

母が亡くなった後も父は一人で商売を続けていた。初老の男が人生で初めて、しかも最後に一人暮らしになってしまう状況はどれほど寂しいことかと案じたが、商売をやっていることでだいぶ気がまぎれている様子でもあった。
かれこれ一人で10年ほど頑張った。しかし年々持病のリウマチが悪化し、足元が冷える工場での作業はさすがに体に堪えるとこぼしていた。

温かい下着や靴下を送ったりもしたが、一人暮らしの男は自分に無頓着でもある。そして、所詮私は、たまに気遣うだけの東京で気ままに暮らすわがまま娘だった。結局父の寂しさやストレスからくる持病の悪化に対して、何の助けもしてやれなかった。

そのころ子供がまだ小さかったこともあり、私が実家に帰るのは年に数えるくらいしかなかった。とある夏の終わりに帰省したとき、珍しく体調の良い父が言った。

「これからリウマチが治っていくような気がする」と。普段結構なマイナス思考な人だったので、この手の前向きな言い回しは珍しく、「自分で思うなら絶対そうだよ」と私もうれしかったことをハッキリと覚えている。

そしてそれから1か月もしないうちに、突然父は亡くなった。

なぜもっと一緒にいなかったのだろうか、何かできなかったのだろうか。後悔は山ほどあった。けれど、それ以上に急に家主をなくした自宅兼工場とお店をどうするかという現実問題が勃発した。商売を終わりにすることに付随する、目に見えることと見えないことの後始末だ。

取引業者やお得意さんへのご挨拶や工場と家の片づけに謀殺されたが、直近で対応することの中に、青色申告があった。私は本屋さんで数冊書籍を買い込み、やり方をざっと勉強した。小さな子供を連れて毎週東京から誰もいなくなった実家に通い、伝票整理や後片づけをした。

途方もない・・・と思っていた青色申告は、やれば片づくという問題でもあって、進めるうちに不思議な気持ちになってきた。それは「父と一緒にいる」という感覚。

伝票の一枚一枚を見ては「ああ、こんなに仕入れをしていたんだな」とか、売り上げ伝票をチェックしながら「この日はずいぶん売れているな。大量注文があったのかな?」など妄想は尽きることがなかった。

たった一人仕事を続けてきた父の「毎日」を、伝票をもとに想像することで追体験していた。私は単純にうれしかった。そして一人でもきちんと仕事をまっとうし、お客様に愛されていた父を心から尊敬した。面倒くさくて気が重かった伝票整理は、実は大切な供養と、父を知る貴重な機会になった。それと同時に、私自身の気持ちの整理にもなった。

それから20年近くたち、今度は自分が同じような仕事をしている。毎年、確定申告が近づくとぶつぶつ言いながら一人伝票整理をしている。そんなとき、ふと、夜遅くまで背中を丸めてそろばんをはじいていた父の姿を思い出す。

今私は父と同じような道を歩んでいるけれど、父はそれを知らない。

そして同じ道を歩み始めてから一層、私は父が大好きになっている。

第五章

地元のコミュニティ作り

「かまフル」立ちあげ

仕事で感じていた孤独

楽しく自由に働いているように見られる私でも、実際、毎日一人で仕事を切り盛りしていたら孤独を感じることもある。

商売とは基本的にお客様は選べない。うちのような小さな店でも色々な人が来るし、正直モヤモヤを感じることもある。そんなとき同僚に、「ちょっと聞いてよ」と言って聞いてもらえれば、すぐさま軽く流せることもある。ほとんどのことは些細なことであり、笑い話にできるのだ。

けれども残念ながら、一人で仕事をしていると「分かちあう相手」がいない。したがって、何があっても全部一人で対処し、一人で立ち直らなければならない。これがなかなかしんどいときもある。

２０１４年の春、息子が高校に進学し、自分の中では子育てが終わったと思った。家庭と仕事という両側面を「ぬかりなくやらなければ」という肩の荷が下りた。それと同時に、今後の自分の人生にぽっかりと穴が開き、それまで感じたことのない孤独が生まれた。

この思いを分かちあう仲間がほしい、仕事を通じて様々なことを共感できる仲間が欲しいと思った。

たまたまときを同じくして、しばらく行き来のなかった「ママ友」がお茶をしに来てくれた。当然、彼女の息子も高校に進学したタイミング。彼女は昔から会社を経営しているかっこいい女性だ。聞けば新たな分野の仕事を始めたという。「ハーブティーを扱うことにした」という話を聞いて、じゃウチで一緒にイベントできるかも！　とひらめいた。その後、「もっとじっくり話そう」と日を改め、夜ご飯を食べに行った。

一緒にご飯を食べながら、私はふと自分が孤独であることや、それは私生活だけでなく仕事上でも常々感じるという思いを口にした記憶がある。お酒も入って記憶があいまいであるが。彼女とその話で意気投合し、「じゃ、仲間を募ろう！」という話になった。

これが後の「かまフル」という、鎌倉エリアを中心に事業を展開する女性グループの発足につながる。

共感する仲間を募る

鎌倉という場所がら、同じ世代の仕事を持つ女性の多くはフリーランスであることが多い。なぜなら、家族や子供がいる生活で都心までの通勤はなかなかハードだから。まれに、ご主人が在宅勤務で時間の調整がきく場合や、両親と同居している場合などは頑張って都心まで通勤している女性もいるが、やはりフリーランスが多い。

私が折にふれ感じていたのは、そのフリーで仕事をしている人達が「限られた仲間内」だけで集っていることだった。たまたま近所に住んでいる、またはママ友、最近なら犬の散歩で知りあった犬友・・・などというケース。それはどれも「仲良しグループ」だ。

そしてその真逆に「異業種交流会」やら「公的機関の青年部」などという「仕事の術や人脈作り」のために集まる比較的硬めの団体もある。

私がイメージしたのはそのどちらでもなかった。ただの仲良しや飲み友達、趣味友達じゃなく、しかも起業塾のような仕事を前面に出したつながりでもない。何か新しいつながりを持つグループがこの鎌倉で作れないだろうか？　と考えた。仕事以外にも一緒に考えたり学んだり、支えあったりできる場を作りたいと思った。つまり仕事をベースに女性が集える場所だ。

そんな自分の思いを俯瞰してみるために、実際に事業を営んでいる友達にヒアリングもしてみた。

まずエステサロンを経営する友達にヒアリング。「同業者同士のつながりってある?」「同業者じゃない仲間っている?」と聞いてみた。まず同業者同士のつながりは同じスクール出身や、同じメソッドを継承する師弟関係がベース。そして同業者じゃないつながりは「同じ商店街」の同世代の女性たち。「同じような仕事をしている人とつながりたいけど、すでにグループがあるようで気が引ける」とも言っていた。

また、雑貨店などの複数店舗を親から継承して経営する友達は「親から受け継いだ事業で今さら同業者なんていないと思っているし、家族経営だから毎日親とのせめぎあい」「相談する相手は旦那くらいしかいないけど、サラリーマンなので話にならない」と嘆いていた。

現実が見えてきた。私があったほうがいいと思ったものは、やはりそのときの鎌倉にはなかったものだった。もっと自由に、もっと楽しく。仕事も生活も豊かにしていくために、鎌倉を拠点に仕事をする女性同士が助けあえるのではないか・・・と。

ないものを作ってみる

言い出しっぺの彼女と二人で、まずはじめにお互いに「この人ならわかってくれそう!」という知りあいを連れて数人で集まろうということになった。「ママ友」や「仲良し友達」じゃなくて「仕事をベースとして付きあっていける仲間」を探した。それはある程度覚悟をもって仕事をしている、または起業を視野に入れて現実的に動いている人という意味。

時代の流れもあるのかもしれないが、収入面でも時間の割き方でもリスクなく趣味の延長線上で「ふんわりと仕事」をしている女性はとても多い。決して悪くはないのだが、最初はそのような「ふんわりな人」は対象外とした。

私は会社を経営している昔の職場の先輩と、ママ友ではあるが、前年に一人で事業を立ちあげた友達に声をかけた。最初のミーティングでは7、8人ほど集まった。

鎌倉という土地でそれぞれの仕事をしている女性たち。そんな彼女たちに、日頃抱えている思いを聞いた。業種は違えど同年代の自営業者の女性の共通認識があった。

「売り上げを拡大したい」「集客がうまくいかない」という仕事寄りの悩みはもちろん、「相談できる相手がいない」「ただ、悩みを聞いてほしい」「自分がやっていることに迷うことがある」というメンタルまで。さらに「家族の悩みは家族に相談できない」「仕事と子育てと自分のキャリアバランスがわからない」「単純にお年頃の女子としての体と心の変調」「将来への不安」など、生き方にまで話は広がった。ずいぶんと話は尽きず、新しい発見や、自分だけじゃなかったという共感があふれた。

実際、一人でどうにもならないときもある。それは具体的に仕事で息詰まったとき以外に、一人の女性としても。そんなとき、公的機関の勉強会や異業種交流会で知識を補ったり、刺激をもらうことも有効だろう。けれど、ただ聞いてほしい、ただ分かちあいたいというときもある。

「女性だけで」とかたくなにクローズするつもりも自分たちの性に特化するつもりもないが、やはり女性だからこそわかること、女性だからこその生き方や悩みもある。

もともと鎌倉という土地はゆるくつながる街。一方で、いろんな人がいるがとても狭い世界。業種や仲良しグループを取っ払って「仕事を通じた仲間」が作れるかもしれないという可能性が見えた。そうしたら私のような引っ越し組も気兼ねなく参加できる「鎌倉における仕事と暮らしのプラットフォーム」になると思った。

実際女性たちの情報量はさすがで、おススメの歯医者さんからＷｉ－Ｆｉがつながる仕事用の穴場カフェ、または無料で税務相談ができる公的機関の情報から、子供の進学塾の評判まで・・・仕事に限らず生活に密着した情報は多方面に及んでいた。

私が引っ越してくるときも、こんな団体があったら、仕事も暮らしも子育ても、一気に不安解消できたのに！　そう心から思った。だから「かまフル」が団体として成長した今でも、私の根底には「自分が欲しいと思ったもの」を表現することで、必ず他の誰かの役に立つというブレない自分の思いと、実際にそれを作りあげた自信がある。

何をしたらいいのか試行錯誤

とはいえ、集まったからといってただおしゃべりをしたり、共感しあっているだけでは自分たちの事業も意識も向上することはない（もちろん共感も大事だけれど）。

では、みんなで何ができるか？　何をしたいか？　数回集まって色々な思いやアイデアを話しあった。話が深くなるにつれて、結局は将来の不安という共通の着地点があったりして、いつそのこと互助会的なつながりもあるかもね！　と冗談とも言いきれぬ話に発展した。

業種は様々で、企業向け販促物やウェブサイト製作の会社経営者や、ボディメンテナンスやアロマを中心にサロンを経営している人、家業を継承している人、編集ライター、アーティスト・・・働くスタンスや家庭環境など多種多様なメンバーが集まった。それでも一人で仕事をする迷いや、経営者の孤独な思いなど、分かちあいたい気持ちはみんな共通していた。

じゃ何をするか？　何から始めていくか、試行錯誤しながら話しあう日々が続いた。

ちなみに、この「かまフル」という名前の由来は、かまは鎌倉、フルはパワフルとかチアフルという意味を兼ねている。また、「フル」という言葉は瑞々しく元気な「フルーツ」のイメージを重ねあわせた。一人一人が違う味を出します、的な（笑）。

けれどこの名称に落ち着くまでに様々な紆余曲折があった。というのも、鎌倉にはいろんな思いを持つ人が様々な団体を作っている。「鎌倉○○」という名称を略して「かま○○」という団体はすでに一定数あり、そこと重複しないことは必要最低限の条件だ。ふんわりとはしていたけれども、私たちの思いを込めた名前をみんなで考えていくつも出してみたが「すでに使われている」ということでその都度振り出しに戻った。結局、1か月以上かかってやっと決まった。思い返せば、この「名称決め」が「どんな思いで集まる団体なのか」という共通認識を確認しあう最初の共同作業だった。

降ってわいたイベント開催

そんなとき、鎌倉の花火大会が開催される週にレンタルスペースでイベントをやらないか、という話が舞い込んだ。折しも自分たちの思いや活動を、鎌倉の人やそれ以外にも広く衆知させるにはどうしたら良いか？ と思案していたときだったので、渡りに舟とばかりにやってみることにした。

グループの活動周知の他に、イベントでの収益をこの団体のウェブサイト作成代と運営費用に充てられるという目論見もあった。また、集まったばかりのメンバーで一緒にイベントをやってみることで、絆を深めることにもつながるのではないかと考えた。何事も「一緒にやってみる」は大事だから。

しかし当然、全員が自分の仕事をしながらのイベント立ちあげだったので、細かい内容まで決めたり、手配したりするのはそれ相当の時間とパワーがかかった。各自が仕事を始める前の早朝に、鎌倉駅前のカフェに集まって何度も意見交換をした。それまで一人で考えて一人で対処してきた面々だったので、単純にみんなで考えて作り出す新鮮さもあったが、実際は時間のやりくり含め、とても忙しかったに違いない。それでも、学生時代の文化祭のような非日常な盛りあがりと、しんどいけれどみんなと一緒に考えるのは楽しいというスイッチが入った。

発足イベント開催

夏の1週間の開催が決まった。その週末には鎌倉の花火大会が開催されることもあり、駅から海に行く途中のイベント会場は、それなりの集客を算段していた。

何をやるか、誰がやるか、当初の資金はどうするか・・・みんなで知恵を出しあった。かまフルの名前と夏の季節とをあわせて、フルーツを使った軽飲食や飲み物、そしてその一角で会員の扱う商品や施術などを提供することにした。当初はそこまで大変とは思わずに勢いで企画したイベントだったが、この1週間が今でも創設メンバーの記憶に残る怒涛の1週間となる。

私は飲食全般の企画と運営を請け負った。そもそも夏場は本業である自分の店は閑散期なので、このときは腹をくくって自分の店は完全に閉めてしまった。しかし、イベント開催の飲食部門はさすがに一人では手が回らない。かといって知らないキッチンで、知らない誰かと一緒に作業するのは想像しただけで気が重い。考えた挙句、適任が思いついた。昔のパート先のお菓子屋さんの同僚。私が今まで出会った中でずば抜けてホスピタリティにあふれた彼女なら、調理から接客までなんでもできる！！

まだ会員でもない彼女を「話がある」と呼び出したときのことは昨日のことのように覚えている。自分でもどう説明していいかわからなかったし、実際イベントに協力してもらっても彼女に何のメリットがあるのかもわからなかった。勢いだけで誘ったにもかかわらず、ありがたいことに自分で役に立てるならと気持ちよく引き受けてくれた。

何でも安心して頼れる彼女の力を借りて厨房をやりくりし、フロアスタッフはメンバーのシフト制で回した。メンバーそれぞれが自分の顧客や友達に声をかけたので、毎日たくさんのお客様でにぎわった。

このイベントの運営資金は、最初に全員で2万円ずつ出しあった。もうけを出すことはもちろん最終目的だが、少なくともイベントを終えた後に経費を精算し、その後でこの2万円を全員にきちんと返さなければと強く責任を感じた。さらに、みんなが自分の仕事を休んでシフトに入っている現実がある。それに応えるためにも多少なりとも日当を出さなければ、と私は勝手に重圧の中にいた。

1週間という限られた期間のイベントで、しかも主催団体は新しくできたばかりのまだ認知度のない集まりだ。一定の原価がかかる飲食がベースという状況で、場所代、材料代、機材リース代、人件費を除いて「利益」を出すのは至極困難な挑戦だった。

睡眠時間があったのか、なかったのかも覚えていない。イベント中は休みもなくフルタイムで厨房に入り、終わってから夜中に買い出しをしたり、早朝の仕込みなど、限られた時間をやりくりして凌いだ。そのころ、家にはお腹を空かせた高校生男子がいた。1週間くらい放っておくことも可能だが、それでも多少のご飯の世話や家事は避けて通れない。

ほぼ毎日変な頭痛に悩まされた。カラダは限界まで厳しかったが、それでも誰かと一緒に何か新しいことをするのは、久しぶりに味わう学生時代のイベントのようでもあり、お祭りのようで楽しかった。

また、鎌倉にある老舗店舗の女性社長も、私たちのグループの活動に理解を示して下さり、食材を提供して応援してくれた。地元企業とのつながりを作るなんて、自分一人ならしり込みしてしまうだろう。けれどもみんなの代表として交渉したり、自分たちの思いを伝えることは単純に光栄であり、やりがいを感じた。

イベントの結果

色々あった1週間は無事終わり、後日会計さんから報告があった。・・・黒字です！全員で歓声と涙。もちろん当初の出資金は返済できたうえで、多少なりともみんなの日当も払い出せた。そして活動資金も算出でき、その資金で団体のウェブサイトを作ることができた。

万事めでたし！　自分一人で仕事をするようになって数年。こんな苦しく、そしてこれほど楽しいことはなかった。

つい数か月前に、ふと思いついた熱い思いだけで立ちあげ、手探りで進んできた。どうなりたいのか、何が正解なのかわからないながらも皆で同じ目標に向かって一緒にやってみる…という、まるで学生か新入社員みたいな気持ちと体感。これだけでも「かまフル」という集まりを作って良かったと思った。「何かのためになる」ということも大事だが、「よくわからないけど一緒にやってみる」ということもそれ以上に大事だと痛感した。それは、この年になったからこそ感じたことだし、普段は自分でシビアに仕事をしているという軸があるからこそ思えることだ。

イベントは地元ケーブルテレビやタウン誌にも掲載され、それがきっかけで会員も少しずつ増えることにつながった。また、なんといってもこのイベントを経験してメンバーに固い絆が生まれた。そして、この時のことが今でも語り草になり、時折笑い話の恰好のネタにもなっている。

かまフルの転機

かまフルの活動の一環で、毎月1度「夜活」と称してそれぞれの近況報告や今後の活動について話しあう機会を設けている。その中の目玉が「事業紹介」というコーナー。これは持ち回りで自分の仕事についての思いや悩みをみんなに向けて発表してもらうというもの。

自分の仕事の説明やPRなら、普段やる機会もあるだろう。しかし、人前で自分の仕事に対する思いや悩みをあからさまに話す機会はそうそうない。そして聞いている方も毎回違う会員の話から、予想もしない発見や感動を味わっていた。

当然私も初期に話をさせてもらう機会をもらった。料理が苦手でありながら、商売をしてみたい一心でカフェを開業し、その後料理サロンを軌道に乗せた話をざっくりと話した。それは、起業ストーリーとちょっとした苦労話といった実話。同じように数名が交代で事業紹介をした後、ある月の「夜活」で私の意識がガラッと変わる出来事があった。多分他のメンバーも同じように感じた人は多かったはずだ。

その月の事業紹介の担当は歌手を生業にしているメンバー。そのころのメンバー構成は美容関係、飲食関係、健康関係などが多く、歌手という一人だけ仕事の毛色が違う彼女は、私からしたらいつもどこか所在無げに見えていた。

事業紹介で、彼女は自分の生き方と仕事について話し出した。そのとき初めてお子さんを病気で亡くしていることを知った。押し黙るみんなの前で彼女は続けた。華やかなステージと病室の子供、それは両極端の出来事だけれど、どちらも現実。そんな中でも彼女は仕事を続けた。「子供を病室に残してライブをやるだなんて・・・」という声もあったらしい。けれど彼女は、直視したら自分が引き裂かれてしまうような現実と、ステージでにこやかに歌う華やかな世界・・・その真逆のふたつの間でヤジロベエのように必死に自分のバランスを保つしかなかった、と話した。

そこにいた出席メンバー全員が号泣していた。このとき私はハッキリわかった。仕事だけじゃない。私たちが大切にしたい生き方は、決して仕事だけじゃない。そして決して家族のためだけでもない。その二つの間でバランスをとり豊かに暮らしていくこと、それこそが大切にしたい生き方なのだと。

仕事についての意見や知識を求めたりするのも大切かもしれないが、それだけではない同年代の女性の集まり。お互いの生き方や暮らし方を知ることで、気づきがあり、もう一度自分の背中をおされて勇気が湧く。そして、自分が一生懸命に働き生きることが少なからず他の誰かの応援にもなっている。そう痛感した一件だった。

その後の活動と広がり

スタートイベントで初期メンバーの団結も強まり、当初の活動資金も少しはできた。運営については発起メンバーの中から会長、副会長、会計の三役を決めた。私は副会長の役割。それぞれがぜひ入ってほしい心当たりのある人に声をかけ、すぐに会員は10数名になった。「夜活」の議題や進行も、徐々に流れにのってきた。

すると、ある意味落ち着いてはきたが、それだけでは忙しい時間をやりくりして集まる意味があいまいではないか、という思いに駆られた。役員中心に何度も集まって考えた。そして立ち戻るのは、そもそも「何がしたいのか」「何が期待されているのか」だった。

みんなそれぞれ忙しく働く身であることは変わらない、みんなにとってどんな団体だったらいいか？　と考えたが、そうやって考えている私たちにだって自分の仕事はある。

言ってしまえば、これが収入を生む仕事ではないのに、とてもたくさんの時間と気持ちといろんなものを「持ち出し」ていた。みんなのために何ができるか、という思いだが、これは突き詰めれば「自分のため」でもあった。

ただの懇親の場や連絡事項を確認する時間、または自分のイベントの告知集客のためだけの集まりになってしまってはもったいない。それでは徐々に人も出席しなくなるし、私だって時間を割いて参加しようとは思わない。これは今も持ち続けている問いだけれど、「どうあるべきか」「一緒に何をすべきか」は当初から何度も何度も話しあったりメンバーにヒアリングをしたり、アンケートをとったりもした。

核となる活動

月1回の夜活はいわば「生存確認」のようなもの。当初は出席が10名前後だったので、比較的一人一人の「今何を考え、何をやっている」という近況を把握することができ、その上で知恵を出しあったりする時間もさけた。中には仕事の都合や自分の考えとあわずやめていった人もいたが、入れ替わりがありながらも徐々に会員も増えていく中、だんだん一人一人の活動報告にみんなの共通の時間をあてがうことが難しくなってきた。

その中でも常に核となる活動であり、明らかに会員にとってのメリットになるものが「勉強会」だ。地元鎌倉の名士や有名企業の創業者、または鎌倉以外でもぜひ話を聞いてみたい人をセレクトし、みんなのツテを頼って講師としてお招きしている。

たぶんこれは個人ではなかなかできないことだと思う。けれど、かまフルという会の趣旨を理解していただくと、ありがたいことに大抵の方が快諾して下さる。

同じ鎌倉の女性社長や伝統工芸の継承者、ガイド協会の重鎮や鎌倉に本社を置く企業の社長さんや、有名菓子店の社長から地元商店街の会長や人力車の車夫さんまで。

実に多様な人たちが「自分の仕事」について熱く語って下さり、その話を聞くと異業種ながらも必ず学びや刺激があった。一人ではできないこともみんなが一緒だと実現できる。そして同じ話を聞いて互いに学び自分の仕事のヒントとなる。これは「かまフル」という団体だからこそ提供できる、メンバーにとっての大きな産物だと思う。

また年1回合宿と称して近場に宿を取り、じっくり数時間に及ぶ勉強会などを含めた懇親イベントも開催してみた。普段一人であれこれ悪戦苦闘している私たちは、放っておけばずっと働いている。なかなか自分のためにまとまった時間を取ることができないけれど、強制的に「合宿」と銘打てば、参加は任意であっても自分に向きあうための時間を捻出するキッカケになる。たとえ数時間でもじっくり自分を考え、人の意見を聞き、普段の目の前の仕事から少し離れて自分を俯瞰する機会になる。

また、その勉強会が終わった後の懇親会やお泊りしての飲み会、朝の海辺散歩など・・・まるで修学旅行のような側面も持つイベントは、一人で何もかも抱えている私たちだからこそ、女同士でさらけ出し共感して単純にワイワイ楽しめる貴重な時間だと思う。

懇親会は仕事とは関係ない「仲良しの飲み会」かもしれない。個人の受け取り方次第だが、私はとても大事な時間だと思う。なぜなら、私たちは真面目に取り組むことは日々の自分の仕事で十分やっている。なにもふざけて楽しめばいいと言ってるわけではないが、みんなと集まるときくらい枠を取っ払って、誰かと一緒でなければできない非日常な感覚を大いに味わい英気を養えばいい。そもそも、我々のような個人事業主の仕事とは、まず楽しむところから始まって広がっていくと思っている。だからこそ、たまに意図的に枠を取っ払って自由になることで、また一人で立ち向かう力だって湧いてくるのだ。

実際の成果

鎌倉で開業したいと思う人は星の数ほどいるらしい。けれど実際にできる人、実現できた人は本当に限られている。さらに、開業できても軌道に乗せて継続させられる人はほんの一握りだ。鎌倉で開業したものの、早ければ数か月で廃業する人が多いのも、ここでは周知の事実だ。

かまフルメンバーも働き方は様々で、多少でも売り上げを上げることが第一歩と思っている人や、言葉は極端だけど必ず一定の収入を稼ぎたい人など・・・いろんな立場がある。

２０１５年６月に発足したかまフルは今も会員が増え続け、その噂を聞きつけた色々な人が見学に来てくれる。会員が広がることはうれしいことだが、みんなが抱く思いは共通のものがあることを意図している。

温度差はあれどふんわりと開業というよりは、キチンと仕事として取り組む人のための場所だと思っている。事業のために時間もお金もある程度投資する覚悟のある人の集まりであり続けたい。

そして鎌倉というところは、人とのつながりやご縁で自分の仕事が思わぬ方向に拡大していく不思議な場所だ。

実際にかまフルがご縁でまったく違った方向の仕事に進む場合や、反対に行き詰まっていた仕事を整理して再スタートを切ったケースもある。また、念願の店舗を出す場所を紹介してもらえたり、だれかとスペースをシェアする形で最初の一歩を踏み出す機会を得た人もいる。

私自身もメンバーと数知れずコラボイベントを開催して、自分のお客様に根強いファンになってもらうための「ネタ」をたくさんもらった。

また「誰に聞いていいかわからない」仕事の困りごと、例えば法的なことやお金回りのことも、それぞれの得意分野の知識で解決したり、ツテを使って専門家を招いて学ぶことで解決の糸口を提供してきた。

まさに「仕事の互助会」。そうありつづけていることを、勝手に誇らしく感じている。

広がって今

数名の役員を中心に、全員が何かしらのチームに属して運営しているかまフルは、PTAのように会長すらもすべて「持ち回り」としている。当然役員が変われればやり方や雰囲気も変わる。それはそれでいい刺激になって継続していく上でのひとつのアイデアだと思う。ただ、人数が増えるにつれ、それぞれの期待や仕事への取組みも違いがあり、必ずしも「全員に同じように利益をもたらす」というテーマが難しくなってきていることも否めない。

私も約4年間副会長を担ってきたが、近年役員の端っこに名を連ねるだけになった。今後は徐々に意思決定ボードからフェードアウトしたいと思っている。なぜなら、立ちあげのときにものすごい力を注ぎ、拡大までの一翼を担い、やりきったと思っているから。そして、これからの円熟期は、次の人たちに運営を任せ新たなステージに進んでほしいと思うからだ。

思いつきから立ちあげ、そして会員拡大と中身の充実をいつも考えてきた。それに自分の知恵も人脈も時間も・・・ありとあらゆるものをそのときの全力で注いだ。いうなれば「1円にもならない」のに。けれども誰よりもみんなに助けてもらったし、楽しませてもらった。私の今は、この仲間たちがいなければ成し遂げられなかったと思っている。

なぜ立ちあげたのか

いわゆる「女性ばかりで面倒くさいこともありそうな団体」をなぜ立ちあげ、運営に力を注いできたか考えてみた。

多分やりたかったからだ。それしか思い当たらない。私には自分の仕事やかまフルの活動を通じて証明したいことがあったのだ。それは、「やればできる」ということ。「カフェ開業」だって「人気のサロンに育てること」だって、「出版」して「一定の発言力を持つこと」だって・・・何だって「やればできる」と思っている。そしてそのためには少なからず人からの刺激や、人からもらう知恵や助けが必要だ。それを私なりにやってきた。たとえ、コロナ禍にあってまた振り出しに戻ったとしても、また新しい気持ちで目標に向かい「やればできる」を味わっていこうと思う。

私は「かまフル」という場を通じ、出会った女性たちに「みんなもやればできる」というメッセージを伝えたかったのだ。自分がリアルに実行する姿を、たとえ反面教師であったとしても近くで見て勇気を持ってほしかった。

思いを言葉にしてみる、そして実際に行動に移してみる。それが引き起こす奇跡を見てほしかった。こんな私でもできたのだから、必ずみんなもできるということを知ってほしかった。そして、実際に行動に移してどんどん予期せぬ未来を切り開いてほしい。それが少しばかり先輩ぶった私の熱い思いだ。

また、一人で仕事をしていても、どこかで自分の「同僚」がいると思えることで、今まで何度も救われたことがある。困ったこと、辛いこと、そして頑張って達成したこと・・・それを分かちあえる「同僚」がいる。そう思うだけで、一人で仕事をしていても、スランプに陥っても頑張れることがある。「鎌倉」という土地の中で、自分と同じような気持ちで仕事をしている仲間がいると思うと勇気が湧いてくるのだ。

私はそんな場を作りたかった。そしてそれを作った。

鎌倉だからできた

この団体は、仕事上の損得や自分のネットワーク作りのためにあるわけではない。ただ商売繁盛すればいい、集客につながればいい、一緒にイベントができればいい・・・それだけではない。

ちなみに、鎌倉は意外と狭い街で「鎌倉村」という人もいる。だから、引っ越して来たり、新しく何かを始めようとするとすでに既存グループや人の輪があるようで気後れすることもある。

私は人と仲良くするのは大好きだが、必要以上にグループ感を出して他の人を排除してしまうような空気を出すことは嫌いだ。

これは自分で店をやっていたときも同じで、「常連さんの店」と思われるのは避けたかった。誰でも気兼ねなく、「何か良さそうな気がする」と思ったら気負いなく入ってきてほしい。それは「かまフル」運営でも思うことで、お互いをリスペクトしながらつながり、他を排除しない。鎌倉という街だからこそできた組織だと思っている。これからも志を同じくする人たちが集まってくれたらと思っている。

物理的には狭い鎌倉、ほとんどの会員が歩いて行ける、自転車で行ける、江ノ電で数駅・・そんな距離感だ。

急に困ったことがあっても30分もあれば集まれる気持ちと物理的な近さ。それに何度となく救われた。すぐに会える、相談できる、話ができる、ということ。このように生活に密着している場所だからこそ、暮らしながら働いている私たちはつながれたと思っている。そしてそのつながりは仕事だけでなく、自分の生活や人生観にも大きく影響し、実際に個々の仕事や生き方を豊かにしている。鎌倉とそこで出会う人に、今もこれからも心から感謝している。

おわりに

出産、引っ越し、仕事探しからカフェ開業、そして鎌倉でのコミュニティ作りまで、振り返るとこの20年あまり実にいろんなことをやってきた。そして今回それを書いたことで、ひとつひとつの経験とその瞬間の気持ちが鮮やかによみがえった。ただその一方で、忙しさにかまけて肝心な問題を先延ばしにしていた自分も思い出した。

実は、この本を書くにあたり、何度も迷い、途中で書けなくなった。いったい私は何を伝えたいのだろう？　何のために書いているのだろうか？　と、壮大な迷路に迷い込み書けなくなった。

多分その原因は、せっかく書籍にするならば「ためになることや解決策」を提示しなければならない、と大それたことを考えていたからだ。

そんな時、編集者さんからアドバイスをもらった。

「本多さんが経験してきたこと、そのまま書いてみたらどうですか」と。読んだ人が私の経験を「仮想体験」することで、何かしらの共感や発見があるはずだと。

当然、自分の話を書くということに少なからず気恥ずかしさや抵抗もあった。

それでも、過去の体験を振り返る中で唯一私が見失わなかったことを発見した。それは、いついかなる状況にあっても「全力で流されてみる」と腹をくくったことだ。「本来こうあるべき」とか「こっちの方が正しい」とかではなく、ただ単純に「乗っかって」みたことだ。

それは人任せの「人生の転機」だけれど、それでも私はその渦中において全力で経験しつくしてきた。

人生（特に女性の）には、自分でコントロールできない様々な転機が訪れる。出産、子育て、転勤、親の介護に自分の気持ちや体の変化・・・頼られているというやりがいも感じる一方で、自分の意志以外の何かに振り回されている虚しさも消せない。

それに文句を言いながら自分を哀れんで生きることもできる。けれど、そんなこと言ったって変えられないものは変えられない。

ならばとことん「その場の流れ」に身を投じてみたらどうだろうか？　腹をくくって経験しつくしたことは決して裏切らない。それが自分の未来へジャンプする「土台」になると確信している。

私の場合、バブル真っただ中に就職し、がむしゃらに働いて結婚して、しばらくして会社を辞めて子供を産んだ。そしてまったく別世界の「ママ」という役割を担った。それまでの人生は「自分で決めて」きたけれど、この出産・子育てを経験するうちに「自分の力ではどうにもならないこと」に直面した。

慣れぬ子育てと自分の将来への不安で一人ぼっちだった。そんな中で、半ば納得せぬまま家族の意見に「流されて」鎌倉に引っ越した。

そして今、カフェ経営を経て、参加人数のべ１２０００人を超える料理教室を運営している。

さらにその経験をもとに、日々の料理に追い込まれている人を解放するために書いた『料理が苦痛だ』（自由国民社刊）は料理レシピ本大賞のエッセイ賞を受賞し、ベストセラーになった。

これらはたくさんの運と縁に恵まれたからこそ成しえたことであり、感謝してもしきれない。ただ一方で、そのどれも決して昔から目指したゴールでも、ずっと追い求めていた夢でもない。来る日も来る日も地味に経験し続けてきたこと、それが私の血肉となり、出会ったたくさんの人の思いに背中を押された結果だ。

私が表現していることは一見華やかに見えるかもしれない。けれども実際は、朝暗いうちから玉ネギを刻み、何時間も立ちっぱなしで料理を作り皿を洗い、指先のささくれの痛さに地味に耐えている日々に支えられている。そしてつい最近、カフェをクローズした。これはあらかじめ予定していたことではなく、急に思い立ってその日に決めた。理由はもう十分やりきったと思ったからだ。カフェを卒業してそろそろ次のステージに進もう、そう思った矢先にコロナウィルスの影響で状況が一変した。料理教室で提供していたことをどうやって発信していくか？　私自身も迷いながらも外からの変化を受け入れ、必死に経験しまくっている真っ最中だ。考えすぎて怖くなったり、答えが見つからなかったり・・・決してスッキリもしないし、日々前進などまったくしていない。けれどもこの日常こそが後の底力になると知っている。

誰しも経験に勝る宝はない。たとえ悔しい経験であっても、それは次の一歩を踏み出すための宝に変えられる。腹をくくって「全力で流され」、その渦中で「経験しまくってみる」。そしてその結果、気づいたら驚くような場所に立っていることもある。

そう思うと、逃げられない環境や状況の変化はチャンスでもある。自分の本当の気持ちや大切にしたいことを見直すかけがえのないチャンスなのだ。

これからの私たちは想像もしていなかった未来を生きていくことになる。それでも、この本を手に取って下さった方には、今も未来もあきらめないでほしい。「やってみなきゃわからない」そして「やったことは裏切らない」からだ。そしてその一方で「きっぱりとやめてみる」ことがもたらす可能性も伝えたい。

いついかなるときにも、いかなる場合にも、その背中を押すためにこの本が役立つことを願ってやまない。

最後に関わって下さったすべての人と、鎌倉という場所に感謝を込めて。

本多　理恵子

プロフィール

本多 理恵子　*Honda Rieko*

Café Rietta オーナー。和菓子屋の娘として生まれる。一般企業に11年勤務した後、子育てのために鎌倉移住。幼少期の体験から「自分で商売をやってみたい」との思いを抱くようになり、資格・経験ゼロでありながら自宅を改築して2007年にカフェ開業。併行して見学型の料理教室「お気軽料理サロン」を主宰し、人気を博す。野菜ソムリエ／オリーブオイルソムリエ／スパイス検定２級／ホームパーティースタイリスト資格所有。

著書：
『料理が苦痛だ』（自由国民社）第６回レシピ本大賞エッセイ賞授賞
『ようこそ「料理が苦痛」な人の料理教室へ』（KADOKAWA）
『おもてなしが疲れる』（平凡社）

Café Rietta

〒248-0005 神奈川県鎌倉市雪ノ下 1-2-5
Tel : 0467-23-5360　メール : caferietta@gmail.com
ホームページ : https://rietta.me/
インスタグラム : https://www.instagram.com/riettajp/
フェイスブック : https://www.facebook.com/caferietta/

「子どものために鎌倉移住した、その先に」
▶ 本書からつづく現在進行形の物語をnoteで発信中。
https://note.com/rietta/magazines

子どものために鎌倉移住したら
暮らしと仕事がこうなった。

2020年10月8日　発行

著　　者　本多 理恵子
発 行 者　古谷 聡
発 行 所　有限会社１ミリ
〒248-0025 鎌倉市七里ガ浜東5-10-19
電話 0467-31-2829

印　　刷　モリモト印刷株式会社
製　　本　有限会社カナメブックス

ISBN 978-4-909166-01-2

ichimilli